現代圖象詩中的音樂性

江依錚 著

序

　　現代圖象詩中的音樂性，包含文字與符號所組成的圖象其所代表的意涵，與其中所涵蓋的節奏、旋律以及整體的音樂性，跳脫以往研究圖象詩的意象表徵，而是找到另一個不同的方式去連結圖象詩中的情緒與內容起伏。

　　關於圖象詩的研究，學者多半討論其圖象的表徵與意象的研究，對於其文字的音樂性較沒有提及。由於詩的結構中存在著時空特性，所以本研究將由現代圖象詩的圖象技巧開始分析，再從文字的排列與組合當中找到其節奏與旋律，最後藉由節奏與旋律的研究而找出其整體的音樂美感。

　　完成這個研究，最感謝的就是我的指導教授周慶華老師。很感謝老師對我的幫助與照顧，如果沒有老師的督促與提攜，便無法順利的完成論文，老師不僅是一個學者，也是一位情感富有的詩人，東海岸的景色，在您詩意的描繪後，更加的迷人。也感謝王萬象老師、楊秀宮老師的幫忙，給我許多建議與改進方向。

　　感謝我的家人，支持我的每個決定，讓我有勇氣地完成每個決定與目標，不論是讀書、求學、工作，總給我最大的發揮空間，讓我開拓許多視野。

　　感謝簡齊儒老師這些日子的照顧，因為有您，我獲得很多正面的能量，也學習了很多處理事情的能力與智慧。透過齊儒老師牽線辦的兩屆臺東詩歌節，使我對詩的感受又更多了。感受過陳黎老師當場念〈而蜜蜂也對你歌唱〉的震撼，周慶華老師念〈一九四七〉

營造出的白色恐怖氛圍，碩班同學在詩作寫作課朗讀〈杉的過程〉，「當絲杉倒下……」那怪音怪調的創意真是永遠難忘。也因此，我開始了我的圖象詩音樂性的研究。

　　感謝研究所一路相挺的同學們：文正、尚祐、晏綾、雅音、評凱、詩惠、瑞昌、裴翎，謝謝你們給我的支持與鼓勵。小蘭姐、從大學開始就互相扶持的梅欣、柏甫、王大哥、若涵、佳蓉、玨青、雅琳，謝謝你們成為我最強大的後盾。

　　感謝總是很照顧我的彩伶跟姐姐們、陪我哭也陪我笑的珮珮、每天督促我寫論文的欣倫和珊珊、用最特別的關心方式關心我的宣瑾，以及每個愛我、關心我的人，我終於完成論文了。

　　最後，要勉勵自己的是，不管是否可以在這世界的狂瀾中站得住腳，至少要當個生活的實踐者，用最純粹的的心去接納並學習，達成每個想做的事情，永遠保有活力去面對接下來的每個挑戰。

江依錚

目次

圖次

1

第一章　緒論

第一節　研究動機

　　生活的足跡與試探，我常會以短句簡語來嘗試紀錄，在讀詩與寫詩之餘，除了能夠沉澱心靈，也能夠讓創作更為精鍊。現代詩的語言，讓忙碌的生活不會因擾攘而失去紀錄剎那的永恆，所以我喜歡寫詩，也樂於在詩的世界裡徜徉。在一連串的閱讀過程當中，我接觸到了圖象詩，也在閱讀的過程當中大受震撼。由於圖象詩著重情境的視覺，比較注重形式，沒有繁複的文詞，只要構思巧妙，極易受到大眾歡迎。（莫渝，2000：208）

　　詹冰認為詩人大概可分為三類：思想型、抒情型及感覺（美術）型詩人。圖象詩的創作與欣賞是適於感覺型詩人的。（莫渝，2000：202）對於圖象詩的文字，在解讀的同時除了要對圖象詩有感覺之外，經由藝術的圖象解法與音樂的旋律解析，會使得圖象詩在欣賞的過程中，有更獨樹一幟的見解與創新思考。

　　圖象詩給了詩另外一種不同的發展空間與想法。而漢字的圖象性與建築性，也是圖象詩所不可或缺的元素。透過漢字的排列組合，我們在閱讀圖象詩的時候，往往可以更加融入情境。如羅門的〈山〉：

山

山

山 山 山

山 山 山 山 山

山 山 山 山 山 山

山 山 山 山 山 山 山

山 山 山 山 山 山 山 山

山 山 山 山 山 山 山 山 山

山 山 山 山 山 山 山 山 山 山

山 山 山 山 山 山 山 山 山 山 山

山 山 山 山 山 山 山 山 山 山 山 山 山 山

（羅門，2002：287）

　　文字的堆疊，有秩序的排列，呈現了山的壯貌，透過編排，這首圖象詩讓整座山更加的具象了。原本「山」這個字已經有山峰的形狀，而透過許多「山」的排列，我們可以看出這座山的走勢與形象。這是一座非常莊重的山，它形式整齊的矗立著，非常對稱的排列也讓我們想像那座在遠方的山，是那麼的寧靜致遠。

　　整首詩只用了一個「山」字來作排列，卻可得出壯觀的圖象，比起用許多文字來描述山的壯麗，更可以凸顯文字的建構在圖象組成上的重要性。透過最簡單的文句排列，就能讓整座山矗立在讀者的想像之中，巧意的安排也讓圖象帶領讀者在這座山前駐留欣賞詩的趣味。

　　詩是可以閱讀的，如果我們單就詩的圖象性看詩，卻忽略了讀詩的技巧，會讓詩的渲染力有所侷限。音樂的語言已發展了它自己的型式，就像語言上的結構要素。而音樂的本質，是虛幻時間的創造和透過可聽的形式的運動對其完全地確定；而建立時間的基本幻象有很多種方式。（朗格[Susanne K. Langer]，1991：144）如果我

們閱讀圖象詩時，加入音樂性的部分作討論，除了探究文字本身的美感，也能夠就音樂的角度切入，去深化文字的渲染力。

如果我們來讀這首詩，要怎麼讀？山，山山，山山山……當我們邊讀的時候，就像是在爬山一樣，漸漸的在心裡描繪出這座山的形狀；到了山頂，我們又漸漸的往下爬，山山山，山山，山。讀詩的時候，我們同時也讀出了這座山的起伏。討論圖象詩時，加入音樂性的深究，也可以使圖象詩有另一種不同的研究風貌。

圖象詩所透露出來的音樂性，是從其符號排列與文字結構部分來論述。一般我們在讀詩的時候，可以很容易的找出圖象詩的意象，而這也是圖象詩最引人津津樂道的地方；但倘若一味的只探究圖象詩的意象，卻忽略其中可能存在的音樂性，這樣解讀詩的技巧與手法是不夠完備的。如陳黎的〈孤獨昆蟲學家的早餐桌巾〉：

孤獨昆蟲學家的早餐桌巾

蚓虮蚪虹虱蚼蚍蚐虹蚫蚦蛇蚭蚍蚋蚊
蚋蚌蚍蚅蚼蚑蚓蚍蚕蚖蚗蚘蚙蚚蚛蚜蚝
蛛蚡蚢蚣蚤蚥蚧蚨蚩蚪蚯蚰蚱蚲蚳蚴
蚶蚷蚸蚹蚺蚻蚼蚽蚾蚿蛀蛁蛂蛃蛄蛅
蛆蛇蛈蛉蛋蛌蛍蛎蛏蛐蛑蛒蛓蛔蛕蛖
蛗蛘蛙蛚蛛蛜蛝蛞蛟蛠蛡蛢蛣蛤蛥蛦
蛧蛨蛩蛪蛫蛬蛭蛮蛯蛰蛱蛲蛳蛴蛵蛶
蛷蛸蛹蛺蛻蛼蛽蛾蛿蜀蜁蜂蜃蜄蜅蜆
蜇蜈蜉蜊蜋蜌蜍蜎蜏蜐蜑蜒蜓蜔蜕蜖
蜗蜘蜙蜚蜛蜜蜝蜞蜟蜠蜡蜢蜣蜤蜥蜦
蜧蜨蜩蜪蜫蜬蜭蜮蜯蜰蜱蜲蜳蜴蜵蜶
蜷蜸蜹蜺蜻蜼蜽蜾蜿蝀蝁蝂蝃蝄蝅蝆

蝮蝯蟱蝴螢蝶蟒蝸螠蟒蝻蜈螂螃蜥螁

蝛螈螉融蛟　鴞螟翰蓁蜢蝟塘螗蠏蟄

螢塊螞螟螢螣鈌螗螢蠀螭螥螯蜭螳螳

蟄螺蠱塵蝥蜥螺螻蜳螽蟩螢蟀蜗　蝘

蟄蜠蟆蜵螄螽蟋螠蟑蟒螇螺畫蟥蛾蟛

蟜螺螫螓蟠蚋蟢蟻蝶螴蟥螃蟸螁螹蟬

蟤蟯�蟄蜸蟷蟹螱　蟻螢蟾蟥蠁蝶蠃

蠅蕫蟹蠓蠊蜀蟀蟛蟛蝶蠔蠔蠕蠖蠗蟩

蠛蠚蠙蠟　蟲螽蠢蟎蟲蟹　蠦蠨蜡蠞

蠱蠬蠭蠥蠰蟲蹋螺蠺蠸蠡蠻蠼蠽蠾蠿

（陳黎，2005：287）

　　陳黎的這首詩作，一列十六個字，總共有二十二列，透過整齊的文字排列出了一張長長的桌巾，詩的構成文字都跟昆蟲有關係，透過這些元素的安排，拼湊出了一張昆蟲的特製桌巾，生動的陳列著。我們可以想見作者透過「虫」部件的字來作為整首詩的主軸，是希望扣緊了昆蟲學家的喜好，面對著這些昆蟲而吃著早餐，是每天的活力泉源。

　　孤獨的昆蟲學家，獨自坐在餐桌前吃早餐，面對著他蒐集來的昆蟲標本，整首詩的感覺是非常沉穩的，昆蟲也整齊的排列著；但到後面出現了五個空洞，可能代表這幾個昆蟲標本遺失了，也可能代表這幾個他想蒐集的昆蟲還沒蒐集到，昆蟲學家吃著早餐，一邊觀賞自己的蒐藏，一邊計畫下一個蒐集的目標。整首詩的旋律也因文字的排列而平穩的進行著，一直到後面開始慢慢有了變化，就像是一首古典樂，溫柔而彌遠，卻又不失變化在其中。

　　漢字的建築性與聲音性，讓圖象詩的發展能有多種不同的樣貌，呈現出有別於以往押韻與對句的美感，發揮了流動的音樂旋律帶給讀者的震撼感受。研究音樂性在圖象詩中的呈現，讓讀詩的技巧有更不同的發揮，期許這樣的研究可以更加完備，對於圖象詩的音樂性作最大可能的探究與評價。

第二節　研究目的與研究方法

一、研究性質

　　本研究採取理論建構方式來探討「現代圖象詩的音樂性」，藉由探討圖象詩的圖象性，於當中歸納圖象詩的音樂性，除了解析圖象的意涵，也更深層的探討音樂性在圖象詩中的重要性與影響性。

　　根據上述，在此將本研究的「概念設定」、「命題建立」、「命題演繹」作一番說明：從研究題目「現代圖象詩的音樂性」來看，內容意涵涉及了「現代圖象詩、音樂性」的概念，在這裡便形成了概念一；另一個從題目中發展出的概念是「模象式的圖象、造象式的圖象、語言遊戲式的圖象、交響樂、抒情樂、熱門樂、優美、崇高、悲壯、滑稽、怪誕、諧擬、拼貼、新詩閱讀教學、創作教學、傳播交流教學」等概念，以上為概念二。

　　概念設定後，依理論建構的方法來建立相關的命題，再根據這些來完成論述。現代圖象詩根據現代圖象詩的特性可得現代圖象詩有模象式、造象式、語言遊戲式圖象性及其連帶的音樂性，於是便產生了命題一。現代圖象詩的音樂性有交響樂、抒情樂、熱門樂等，歸納出命題二。現代圖象詩的整體音樂美感有崇高、優美、悲壯、

滑稽、怪誕、諧擬、拼貼等，整理成命題三。現代圖象詩的發展限制及其改進途徑在音樂意識的有無，在此形成了命題四。最後相關理論建構可以在新詩閱讀、創作、傳播等教學上應用，此為命題五。

　　最後經由本研究建立的理論來提供讀者借鏡的方向與指引，藉由本研究的價值，可以回饋給新詩閱讀教學，在此形成演繹一。本研究的價值，可以回饋給創作教學提供新資源，在此形成演繹二。本研究的價值，可以回饋給傳播交流教學建議新方向在此形成演繹三。

　　綜合以上的論點，可將本研究的「概念設定」、「命題建立」、「命題演繹」三者之間的關係架構，以圖示的方式呈現：

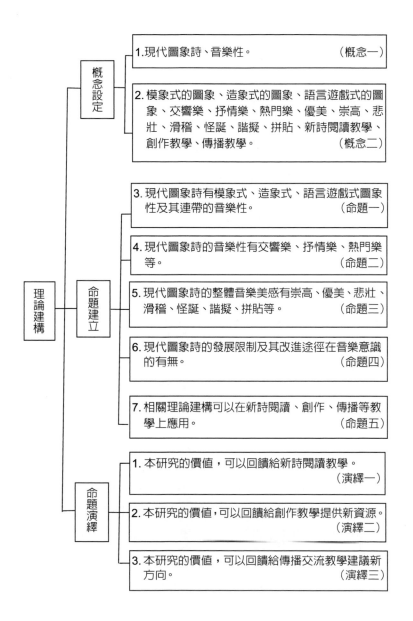

理論建構

概念設定
1.現代圖象詩、音樂性。　　　　　　　　　　（概念一）

2.模象式的圖象、造象式的圖象、語言遊戲式的圖象、交響樂、抒情樂、熱門樂、優美、崇高、悲壯、滑稽、怪誕、諧擬、拼貼、新詩閱讀教學、創作教學、傳播教學。　　　　　　　　（概念二）

命題建立
3.現代圖象詩有模象式、造象式、語言遊戲式圖象性及其連帶的音樂性。　　　　　　　　（命題一）

4.現代圖象詩的音樂性有交響樂、抒情樂、熱門樂等。　　　　　　　　　　　　　　　　（命題二）

5.現代圖象詩的整體音樂美感有崇高、優美、悲壯、滑稽、怪誕、諧擬、拼貼等。　　　　（命題三）

6.現代圖象詩的發展限制及其改進途徑在音樂意識的有無。　　　　　　　　　　　　　　（命題四）

7.相關理論建構可以在新詩閱讀、創作、傳播等教學上應用。　　　　　　　　　　　　　（命題五）

命題演繹
1.本研究的價值，可以回饋給新詩閱讀教學。　　　　　　　　　　　　　　　　　　　　（演繹一）

2.本研究的價值，可以回饋給創作教學提供新資源。　　　　　　　　　　　　　　　　　（演繹二）

3.本研究的價值，可以回饋給傳播交流教學建議新方向。　　　　　　　　　　　　　　　（演繹三）

圖 1-2-1　本研究理論建構圖

二、研究目的

　　研究目的就是把研究動機條理化,建構一套有關現代圖象詩中音樂性的新的認知理論。詩是一個比文學更為廣泛的概念,因為除了單純運用語言來表現生活,詩還有其他詩意的想像方式。(朗格,1991:308)

　　圖象詩的圖象性是其與其他現代詩最大的不同與特色所在,我們在讀詩的時候,也會採用不同於以往讀詩的方法。這樣的技巧往往較先前更新奇與細膩,也能夠讓我們體會現代詩中更細膩的美感。在研究的過程中發現有的圖象詩無法去特別找出其旋律與節奏等音樂性,僅能從聲音、與文字排列的緊湊度去理解。先前諸多理論多鋪陳圖象詩的意象方面,本研究加入了音樂性的討論,希望能讓圖象詩的解讀有多一份不同的理解方式,也使研究圖象詩的面向更為廣闊。

　　圖象詩給人的印象,是由文字或是符號排列而成,作者使用文字與符號結構圖象,讓讀者除了閱讀其文字外,在欣賞文字排列與符號組成時,可以更具象的理解詩的內涵。自古以來就有圖象詩的產出,如迴文詩、寶塔詩等,作者由文字的堆砌與圖象的構思出發,希望能將詩的語言用另一種具體的方式產出,以圖象帶動讀者閱讀文字的深刻性。本研究旨在探討臺灣現代詩中,其圖象詩的音樂感受,以不同的角度來探討圖象詩展現意象之餘所流露出的節奏、旋律等音樂性。

　　關於圖象詩的研究,學者多半討論其圖象的表徵與意象的研究,對於其文字的音樂性較沒有提及,而詩的結構中存在著時空性。本研究將由現代圖象詩的圖象技巧開始分析,再從文字的排列

與組合當中找到其節奏與旋律（節奏指的是文字的排列，旋律指的是文字所創造出來高低起伏的美感），再藉由節奏與旋律的研究找出其整體的音樂性。

　　人們往往根據時空關係將藝術分為三種類型：一種是時間藝術，包括詩歌、文學和音樂；一種是空間藝術，包括繪畫、雕刻和建築；一種是時間和空間相結合的藝術，主要有戲劇和舞蹈。（王次炤，1997：109）而音樂是一種流動的建築，在建構圖象詩的過程中，音樂可以代表其情緒、起伏、思考過程等。本研究的目的旨在找出圖象詩的音樂技巧，而構設一套新的認知理論，以便可以提供相關的教學借鏡的資源。文字的排列是生硬的，文字與文字的組合間似乎有一種特別的情緒從中流過，這便是其節奏或是旋律，要怎麼去歸納、整理，很值得深思索味。音樂與語言雖然有不同的表現特徵，但它們在內容的構成方面仍然有某種一致性。

三、研究方法

　　本研究「現代圖象詩中的音樂性」採理論建構的方式，期望透過特定的研究方法達到設定的研究目的。因為能力與經驗有限，沒有辦法窮盡，只能用看過的或是已知的經驗來整理批判。以下將此研究會運用到的方法依章節條列出來，期盼用條理分明的步驟與適合的方法來完成此研究。本研究共分為八章，依序會涉及的方法包含「現象主義方法」、「藝術學方法」、「音樂學方法」、「美學方法」及「社會學方法」。以下就各方法逐一概述：

　　本研究的第二章「文獻探討」，採用的是「現象主義方法」來探討本身經驗所及的相關研究的成果。（趙雅博，1990：311；周慶華，2004a：95）透過所蒐集而來的研究成果，就個人經驗與最大

的能力進行分析與整理及批判，了解現代圖象詩的現象與現代圖象詩的特性等被談論的情況，開拓整個研究遵行的方向與目標。

　　本研究的第三章「現代圖象詩中的圖象性及其餘韻」，強調圖象詩本身音樂性的圖象解法，透過「藝術學方法」讓圖象詩中的圖象性更有系統的加以掌握。美術是一種集合稱呼，它概指透過靜態的視覺空間形象的創造，來表現生活、抒發情感或藉此提供審美體驗的各種藝術，如繪畫、雕塑、書法、篆刻等，它們的共同特徵是可視形象（或形體）的塑造，所以在藝術理論中又稱造型藝術。（歐陽中石主編，1999：108）透過藝術學方法研究現代圖象詩的圖象性，透析音樂語言在圖象建築上的美感。第三次元空間能夠產生豐富的感覺，這和在音樂裡，當協調的和絃加於旋律之上時所發生的效果是可以比擬的。每個音都同時屬於兩個脈絡裡，它一方面保有旋律進行線上的一個位置，同時也在由同一時間裡發出聲音的諸音符所構成的和絃裡保有一個位置。這兩個結構次元的集合，乃產生了現代複音音樂（polyphonic music）的複雜性。同樣的，圖畫上的景象起初只被分成一些水平的線條，後來漸漸變成一體乃成為三次元的整體。（安海姆〔Rodolf Arnheim〕，1982：115-116）構成圖象的文字流竄潛藏的音樂性，需要一一的提出討論。

　　繪畫是一種透過線條、色彩在二度平面上創造一定的自然、人物形象來再現社會生活、表達藝術家情感的藝術，畫家選擇一定的題材，使用一定的物質手段，在特定的藝術空間，運用一定的藝術手法，把作者心中所要表達的東西再現出來，這就是繪畫。不過由其藝術載體所限，繪畫只能表現瞬間的自然，它所截取的，是在時間流程中不斷變化的客體的一個橫斷面，只能透過片段、局部來表現全部、整體，因而它不具備文學那樣追蹤表現事物發展全過程的功能，這就在一定程度上限制了繪畫的表現力。（歐陽中石主編，

1999：108）圖象詩的繪畫性反映在圖象的構成當中，雖然無法像繪畫一樣栩栩如生，卻也能讓讀者在閱讀的過程中體會作者在創作圖象詩時所描繪出的圖象空間。

　　本研究的第四章「現代圖象性的節奏與旋律表徵」與第五章「現代圖象詩中的整體音樂美感類型」，將透過「音樂學方法」加以探究。音樂的語言已發展了它自己的型式，就像語言上的結構要素。音樂的本質，是虛幻時間的創造和透過可聽的形式的運動對其完全地確定；而建立時間的基本幻象有很多種方式。（詳見前節）

　　音樂美學是藝術（狹義的）美學的分支，與美術美學、戲劇美學等並列，是研究音樂藝術的審美特徵和審美規律的學科。音樂美學著重研究音樂藝術如何按照美的規律，運用音樂的藝術手段，表現作者對生活美醜屬性的審美意識、情感、趣味、觀點、理想，間接反映生活審美屬性，呈現為有優美型式的藝術形象體系，以激起欣賞者的美感，滿足各種欣賞者多樣的審美要求，引導欣賞者提高審美的能力、趣味、水準和情操。（古旻陞、施小玲，2003：165）透過音樂美學來分析圖象詩中的音樂性，讓潛藏在詩中的韻律凸顯並作為讀詩的一種方法，在理解詩的範疇上可以更加的深入。

　　音樂語言是音樂的藝術語言。包括旋律、節奏、和聲、複調、配器、調式、曲式等音樂藝術的表情性手段和描寫性手段。音樂語言與繪畫、建築、戲劇等藝術語言相比較，具有獨特的美學意義。（古旻陞、施小玲，2003：167）透過音樂的語言審視圖象詩文字排列組成的音樂美感，加以不同的論述角度，讓圖象詩的音樂性閱讀思考更加周全。

　　旋律與節奏是音樂最基本的組成。旋律又稱曲調，為音樂的形式因素之一。旋律的表現意義由旋律線與節奏的具體結合而體現出來。盧梭認為旋律是「激情的語言」、「感情的符號」，只有旋律才

具有音樂征服人心的力量。其他藝術有時也借用「旋律」這一術語作為比喻（指線條的流暢、光影的流動），使人在審美心理上產生一種運動的感覺。（古旻陞、施小玲，2003：170-171）在圖象詩的圖象構成中，我們可以觀察線條與文字建築的流暢與變化，作為探究圖象詩旋律的依據。節奏就是有規律的運動；音樂的節奏就是透過音的長短時值和強弱的交替來體現的。豐富的生活節奏、生動的語言節奏，是歌、樂曲節奏的基礎。音樂中各具特徵的種種節奏，往往反映出所表現的事物、情感的運動特徵，形成不同的風格。（錢仁康等，1999：48-49）音樂的節奏是由樂音運動的輕重緩急形成的音樂的形式因素。它包含時值長短和力度強弱兩個方面，是樂音運動的時間的量與力度的量的表現型態。人們普遍認為，旋律和節奏同是具有最強烈的力量浸人心靈的最深處的音素。（古旻陞、施小玲，2003：171）

漢斯力克（Eduard Hanslick，1825-1904）認為人的感情是有「力度」（或強度）變化的。同一種感情，在不同時間、地點、背景下，其呈現於心中的「力度」不一樣。音樂不能表達具體的愛和恨，但它能表達情感的「力度」。音樂的樂音有快、慢、強、弱、升、降、長、短等變化，因而樂音的集合體——樂曲也就以一種運動著的「力度」變化形式而呈現在聽眾眼前。在「力度」的運動形式上，音樂與人類情感之間存在一個共同點，就是強烈的情感變化伴隨急遽的心理運動，而轟鳴的音樂也伴隨著一種劇烈的運動形式，因此音樂透過相近的形式，能把人的情感的「力度」（或強度）傳達出來。（歐陽中石主編，1999：89-90）透過力度與強度的分析與透視，也能夠讓其中透出的音樂美感更加完備。

在本研究的第五章「現代圖象詩中的整體音樂美感類型」，兼使用「美學方法」來探討。美學方法是用來評估語文現象或以語文

形式存在的事物所具有的美感成分（價值）的方法。（周慶華，2004a：132）文學是一種藝術，透過美學方法來評估文學現象，會讓文學的美感浮現。由於語文成品凡是藝術化後「都具備一定的形式；這一定的形式的構成，一般稱它為美的形式。由於不是一切的形式都是美的形式，而是符合某種的條件的形式才是美的形式，所以對這一美的條件的探討就屬於美學的範圍。」（姚一葦，1985：380）符合美的形式的詩作，探討其中的規模，歸納出來的有優美、崇高、悲壯、滑稽、怪誕、諧擬、拼貼等。

優美指的是形式的結構和諧、圓滿，大多數的文學作品都可以使讀者產生如此的美感；崇高指形式結構龐大、變化劇烈，文字的經營會使讀者情緒沸騰、飛揚；悲壯指形式的結構包含有正面或英雄性格的人物遭到不應有卻又無法擺脫的失敗、死亡或痛苦，可以激起人的憐憫和恐懼等情緒；滑稽指形式的結構含有違背常理或矛盾衝突的事物，可以引起人的喜悅和發笑；怪誕，指形式的結構盡是異質性事物的併置，可以使人產生荒誕不經、光怪陸離的感覺；諧擬指形式的結構顯出諧趣模擬的特色，讓人感覺到顛倒錯亂；拼貼，指形式的結構在於表露高度拼湊異質材料的本事。（周慶華，2004a：138）

現代詩的寫作模式，大多為前現代的寫作手法，作品多半會讓人產生崇高或悲壯的感覺；但諧擬與拼貼的後現代境界，也慢慢的被開發。大抵圖象詩的美感，除了會帶給人崇高與悲壯的美學感受，加入大量的文字拼貼與遊戲性，也讓圖象詩比起一般的現代詩多了創意的展現。因為透過異質材料的併置，會讓文字排列的原本結構有所變化，這樣子的變化也帶給了圖象詩的內容更為豐富與精采。以這樣的美學基礎，我又將圖象詩的旋律歸納出抒情樂、交響樂以及熱門樂。抒情樂會讓人有優美的感受；交響樂則是會使聽者

感到崇高的優越感或悲壯的激烈感；而流行多變的熱門樂，則表現出滑稽、怪誕、諧擬、拼貼等。透過這一層的音樂分類，我們可以更具體的了解圖象詩所表現出來的音樂美感。

音樂形象是一種聽覺形象。它以有組織的樂音運動，把藝術概括後的感情直接訴諸人的聽覺。它不可能直接給人聽覺以外的具體感受，但由於人們生活經驗中存有各種感覺聯合作用的記憶，因而它可能喚起聯想、聯覺，把聽覺感官與視覺感官的對象在藝術想像中聯繫起來，獲得某種綜合性的審美感受。它有音樂性和運動性，是活躍的、發展的而不是靜止的。（古旻陞、施小玲，2003：169）透過這些音樂形象的觀察並加以分類，冀讓圖象詩的音樂性具體的展現。

最後，在本研究的第六章「現代圖象詩的發展限制及其改進途徑」與第七章「相關理論建構的應用途徑」，希望藉由圖象詩的音樂性相關理論的建構，討論圖象詩發展限制的相關課題，強化並找出圖象詩中的音樂性以為改進方向，此同樣運用「美學方法」；再透過圖象的引導與說明，加入音樂性的觀察培養，提升應用至教學的場域，也可作用於日常生活當中，這則運用「社會學方法」。透過「社會學方法」應用在生活的體現，在新詩閱讀教學、創作教學與傳播交流教學上提供新的方向。社會學方法是特指研究語文現象或以語文形式存在的事物所內蘊的社會背景的方法，可分成兩個層面：一個是解析語文現象或以語文形式存在的事物是如何的被社會現實所促成；一個是解析語文現象或以語文形式存在的事物又是如何的反映了社會現實。（周慶華，2004a：89）本研究則撮取當中的精神來論述。

綜合以上的說明，本研究架構與方法是透過現代圖象詩的圖象與創作手法的解析，探討詩中所展露出的音樂性；而透過音樂性的

探討與歸納，將研究的結論作為詩應用推廣的參考依據。現代學術的研究方法多元且多變，本研究採用的方法僅是一種策略的運用，沒有絕對性。透過研究方法所無法詳盡處，會盡己能竭力補充。

<h1 style="text-align:center">第三節　研究範圍及其限制</h1>

一、研究範圍

　　根據研究的目的所要處理的課題合起來成為研究範圍，主要體現在圖象詩整體的表徵、深層的美感類型。根據上節所提及的研究方法，可以概括出本研究所能討論的範圍如下：現代圖象詩中的圖象性及其餘韻（第三章）、現代圖象詩中的節奏與旋律表徵（第四章）、現代圖象詩中的整體音樂美感類型（第五章）、現代圖象詩的發展限制及其改進途徑（第六章）、相關理論建構的應用途徑（第七章）。

　　研究文本的取材，則廣集現代詩中的圖象詩與運用圖象手法寫作的詩。透過圖象性的整理與歸納，加以分析圖象所透露出的音樂美感。如以下文學的表現圖（圖 1-3-1），我們可以窺見代表東方的氣化觀型文化與西方的創造觀型文化在文學的表現所呈現出的不同（氣化觀型文化的文學表現原無緣開展出現代派以下的風格，但從二十世紀初以來追隨創造觀型文化的文學表現，從此沒了自家面目）；因中西思想的融會與交流，而讓模象式、造象式、語言遊戲式等表現手法在現代詩中充分的展現。本研究的第三章到第六章，會加以詳盡的探討與評估。

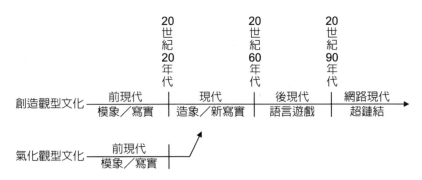

圖 1-3-1　文學的表現圖（資料來源：周慶華，2007a：175）

二、研究限制

　　本研究探討圖象詩的音樂性，透過圖象詩音樂性的找尋與研判，用不同的角度來檢視圖象詩的觀看餘韻。圖象詩的圖象性是顯而易見的，圖象手法總顯露在整首詩作當中，相對的可研究的面向也很多，相關的研究成果也不少；而自古以來談詩與歌總不會分開討論，古詩與新詩的音樂性或也常被論及，因為詩的句短，很容易可以透過音律的編排而使詩如歌般的琅琅上口。但有關圖象詩的音樂性的論述，卻有許多可再加以商議的地方。本研究的重點擺在圖象詩音樂性的部分，圖象本身的複雜性沒辦法詳述，音樂性也不可能全部包括，這就是本研究的限制之一；再加上詩伴隨著人類歷史的演進而不斷的變化，圖象詩只為現代詩中的一環，在研究取材方面範圍較窄，這是本研究的限制之二；此外，一般圖象詩的研究多半討論其意象，很少論及到圖象詩的音樂性，以致在資料的整建方面也多有侷限，這是本研究的限制之三。

　　還有現今網路發達，網路上有許多圖片排列而成的詩作，或是雜入聲光、繪畫、影像等的「視覺詩」。這些「視覺詩」強調了視覺符號的精采書寫，已非純粹的詩了，這樣子的詩作暫不在本研究範圍內。如楚戈的界說：「圖畫詩是把詩用文字排成圖畫的形式，視覺詩則是圖畫詩的擴大，完全用視覺效果來表達詩意。」（楚戈，1984：14）藉此我們可以定義，如果文字的意義不存在，就無法理解成「詩」。「文字的意義」是否存在，可以作為「視覺詩」是否為「詩」的判斷依據。本研究的重點擺在使用了文字語言於其中的詩，運用了圖象技巧在創作上，發展出來的文字具有圖象意義的圖象詩。

　　本研究無法盡數括涵全部作品與研究，只能就有限的時間和精力蒐集可以利用的研究成果與詩作，以期達到儘可能的研究範圍劃定。從文化體系來談，文學主要在表現終極信仰、觀念系統和規範系統，可能因為文化體系的龐大而有遺漏；再加上西方的詩作受限於研究者外文能力與文化的隔閡，在論述上可能有不足的地方。並且在解讀作品時難免帶進自己的先備經驗、價值意識與權力意志。（周慶華，2009a：55-56）綜合這些創作技巧、心理因素與社會背景等無法一一詳盡探討的研究限制，我會儘量用最妥善的方式加以補充，希望能多作彌補；也希望沒有探討的部分與遺憾，待日後有餘力再行詳談，而開闢另一個談論的議題與空間。

第二章　文獻探討

第一節　現代圖象詩

　　以詩言志，自古就很盛行，透過詩作，我們可以將我們的情感投射到作品中，藉以抒發情感；也可以透過詩來意有所託，透過比喻或者象徵的手法，將想要說的話、想要表達的想法投注在詩中。周慶華在《語文教學方法》一書中揭示了抒情文體的整體面貌，據此我們可以很清楚的了解該如何去定位詩的組合元素：

> 抒情是要把情感加以提煉而後透過比喻／象徵等藝術手法來傳達的；它（情感）在經過一番「萃取」和「包裝」後，就可以有所區別於「普泛之流」。而在我個人的研判中，大體上有「意象的安置」和「韻律的經營」為抒情的基本律，然後再將情感本身特別限定在「深情」或「奇情」層次以及必要時以「反義語／矛盾語」和「形式變化」來強化藝術的張力（方便「耐人尋味」）。（周慶華，2007a：120）

　　由此，可以得一新詩的理論結構圖：

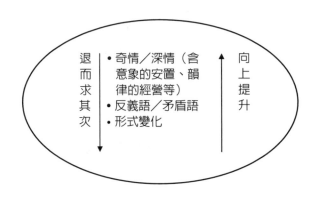

圖 2-1-1　新詩整體呈現圖（資料來源：周慶華，2007a：120）

　　東方人借詩作來詠物抒志，常常是因為有了體認感悟，再透過文字來抒發紀錄下來，所以東方人大多以象徵的手法來呈現整首作品。而透過象徵，我們可以去探究意象的安排與韻律的經營等等，在情感的部分內斂而雋永；而西方人卻往往透過詩作來寄託想像力，把所想的所期待的，以譬喻的手法呈現於詩作中。整體來說，深受世界觀的影響，東方詩作大多以內感外應的方式創作著，以內在所感而外應顯明，並運用各種象徵的手法來闡述情感。

由於本研究都扣緊研究主題「現代圖象詩」，於是先就現代圖象詩的相關論述加以整理，以便了解各方面對圖象詩的研究與討論。

一、圖象詩的界定

　　漢字為單音獨體的文字，每個字都有其讀音與形貌，利用這樣的特性，可以進行任何形貌的搭配組合；中國文字本身的圖象基因與建築特性，可以讓其圖象無阻礙的呈現，組合排列出圖象詩。而

什麼是圖象詩？丁旭輝在《臺灣現代詩圖象技巧研究》一書中對圖象詩下了這樣的定義：

> 「圖象詩」又稱「具象詩」（Concrete Poetry），指的是利用漢字的圖象特性與建築特性，將文字加以排列，以達到圖形寫貌的具象作用，或藉此進行暗示、象徵的詩學活動的詩。（丁旭輝，2000：1）

圖象詩透過漢字本身的特性予以象徵、暗示，讓圖形寫貌的功能淋漓發揮；而在新詩創作自由為前提之下，巧妙的排列文字，自由的創作途徑也讓文字排列的創意大展美感。

圖象詩的寫作技巧，是透過具象化的文字組合空間性的詩，在文字整合空間的過程當中，最先被察覺的便是其中透露出的意象。而研究圖象詩的意象，可以解讀圖象詩表層的意思與意象的堆砌，讓詩跳脫簡短的詩句框架，而成更具體化的情緒與感觸。這是一種刻意的圖象經營，透過精心安排的組合，加上不同讀者解讀的渲染度，讓圖象詩更加的完備與豐富。

提到圖象詩，就不得不提及詹冰了，他是戰後跨越語言的一代，也是臺灣現代詩壇中不可或缺的代表人物。受現代主義影響的他創作了一系列的圖象詩，可視其為圖象詩語言實驗的先驅；他透過文字的諧趣與前衛思想，創造了與眾不同的現代新詩，也揭示了現代詩的另一個里程碑。他曾經對圖象詩下了一番定義：

> 圖象詩是什麼？我想，圖象詩就是詩與圖畫的相互結合與融合，而且可提高詩效果的一種詩的形式。假若用這種形式，而不能提高詩的效果，那麼就不必寫圖象詩了。當然要寫圖象詩必須要有適於圖象詩的詩材，才可寫出成功的圖象詩。不然的話，是徒勞無功的。（詹冰，1978：60）

　　圖象詩就是詩與圖畫的相互結合，透過巧妙的詩的形式安排，我們可以產生更具象的趣味與美感。但是並非每種題材都可以用來創作圖象詩，而是必須要有一定的經營與設計，透過圖象的具象化，加乘詩的感染力。

　　詩歌是語言的藝術，是注重形式的藝術，詩歌的創造就是一種語言的創造。但詩不正也是透過語言組合的創造嗎？

> 詩作意象，常能將人性、物性、生與死、愛與恨等素材凝鍊表現，而使讀者產生一種銳利戰慄的直接感受。（楊昌年，1991：284）

　　換句話說，「圖象詩」是可直接訴諸視覺形象的詩，透過文字描述的情境，直接的外顯而致；創作者透過文字建築出的圖象詩，試著在其中投射情感與意涵，使圖象詩除了外顯的結構，還有內在的深度探討價值，這些都是圖象詩所以吸引人的地方。

　　詩的直接意象，可以連接到人最直接的情緒感受，透過最顯明的圖象表徵，我們可以很深刻的去感染詩作所帶給我們的震懾與戰慄感；而透過直接且清楚明白的觸發，我們也能對作者所創造出來的意象感到懾服並深陷其中。

二、圖象詩的沿革

　　臺灣歷經戰爭的錘鍊後，孕育出了不一樣的花苞；而在思想上的解放，衝擊了詩壇。也就是日本殖民統治的結束連帶影響了通用語言的學習，隨著國民政府來臺，人民漸漸找回漢字的習寫生活：

> 1945 年 8 月，戰爭結束，日本退出臺灣殖民地的統轄權，臺灣整個文化型態面臨劇變，首當其衝的自然是語言文字的

重新學習，詹冰和羅浪成了「跨越語言的一代」。（莫渝，
2000：112）

　　因為整個政權的轉移，語言與思想的啟蒙解放，漸漸地開始了
文字的重新學習與創作，這也改變了新詩的創作思考。此外，也漸
漸地詩人體現文字的可塑性，創作出不同以往的詩作。這樣的想法
在當時是非常具有前瞻性思考的，相關前衛的思想也衝擊了整個文
壇。莫渝在《臺灣新詩筆記》中提到了有關詹冰的前衛精神的說法
與整理：

　　前衛精神：對詹冰知之甚詳的詩人桓夫說過多次的讚許，在
　　《綠血球・序》說：「詩集《綠血球》原用日文寫成。大部
　　分於 1943 年至 1946 年之作。在當時的臺灣詩壇，可謂呈現
　　具有革命性意義的詩風。」在〈臺灣新詩的演變〉一文中，
　　說：「詹冰就是把戰前的前衛詩精神，帶入戰後開花的第一
　　位詩人。」（莫渝，2000：203）

　　桓夫所說的「呈現具有革命性意義的詩風」和「戰前的前衛詩
精神」，指的是詹冰在二十世紀四○年代透過有別以往的前瞻作
法，將新生命注入新詩。
　　詹冰可說是圖象詩的先驅與實驗的楷模，從他揭開了圖象詩的
序幕，接著又有詩人們的提倡，將這樣風格的詩作帶出當時創作的
一股風潮：

　　直到四○年代的臺灣，由詹冰開始寫作「圖象詩」，經過五
　　○年代林亨泰、白荻的鼓吹提倡，形成一股風潮，其後這種
　　技巧並滲透到現代詩的每個角落，形成更全面而深刻的一種
　　「圖象技巧」，才將隱藏於漢字中，由圖象基因與建築特性

所共同鎔鑄而成的圖象生命，藉著自由排列、自由建行的現代詩釋放出來，成為臺灣現代詩的一大特色與成就。（丁旭輝，2000：13）

「圖象技巧」是由圖象詩裡頭所歸納出來的，也是因為中國文字的圖象基因和建築特性的加持，才能夠凸顯出圖象技巧在詩作中所摶成的貢獻。

孟樊在《臺灣後現代詩的理論與實際》中提到了語言詩，這裡的語言詩指的是用文字去創造的詩；但到了後現代詩的組成不僅僅只有文字的堆疊，還加入了各種不同的物質，使詩作的內容更加的多元與難辨：

語言詩嘗試將各式各樣的「物質」織進詩裡，其織法又別樹一格，並不順著一定的紋理脈絡一針一線織就，仿以「亂針法」，多頭並進；更且，其織就而成的圖案尚難以辨認，唯其引用的「物質」卻清晰可見，只是令人不知所措。而令人不知所措又似乎是後現代詩人予人印象最為深刻的地方，這當中語言詩更是當仁不讓。（孟樊，2003：265）

圖象詩受現代主義的影響極深，詩人透過意象的經營將想像力發揮於詩作中；而到後現代時期的詩作更為極端，已經不僅透過文字，而且還透過符號與圖案來作排列：

圖象詩或具形詩並非始自後現代時期，如同英美一樣，這是現代主義時期的作品：不同的是，在後現代時期有些圖象詩走得更極端。（孟樊，2003：92）

例如底下謝佳樺的這首詩：

空白約 2：00——七行

　　　　　□□□□□

　　　　　□□

　　　　　□□□□□□□

　　　　　□□□□□□□

　　　　　□□□□□□□

　　　　　□□

　　　　　□□□□□

（蕭蕭主編，2000：16）

　　上面這首圖象詩用空白格來代表空白，我們看得出其中的對比排序，但失去了文字的韻律；我們只能夠就其符號所排列的線條去探究作者所表達出來的情緒，再從中尋找空格所表達的空缺與空白。

　　圖象詩的創作與發展多有限制，圖象詩是藝術的展現，但如果要發展成主流恐怕不太容易：

> 圖象詩的創作與發展我們可以肯定的說：「圖象詩」與從「圖象詩」中凸現的「電影詩」，在詩廣闊的創作世界中，都確有其存在的活動空間與藝術的表現舞臺，但要它在發展中成為詩的一股主流，就不那麼容易了。（羅門，2002：293-294）

　　因為詩的牽涉範圍遠比圖象詩大，創作與設計的內容也較廣闊，而圖象詩是透過巧妙的文字安排所呈現的，要發展成主流不是件容易的事情。

三、圖象詩的類型

　　圖象詩依其本身的文字特性排列而成,而漢字的文字特性,使得漢字在圖象詩的創作上獲得了先天的優勢。丁旭輝提到:

> 因為漢字是深具「圖象基因」的文字,隸定後成為方塊字形的漢字,又多了一種絕無僅有的「建築特性」,每個漢字都有如一塊方磚,可以自由堆疊,建築理想中的詩歌城堡。漢字這種建築特性,對漢字本身的圖象性無疑是一種極大的加強,它擴大了漢字圖象表現的深度與廣度,在「建築特性」與「圖象基因」的結合下,以漢字為書寫工具的漢詩,便隱藏了極大的圖象技巧的發揮空間。(丁旭輝,2000:10)

　　正因漢字的「建築特性」與「圖象基因」,所以自古就有「回文詩」、「寶塔詩」、「神智詩」、「累字詩」等透過漢字建築特性而創作的詩作;而現代詩中「分行」的特色與「跨行」技巧的靈活使用下,由於建行自由,詩歌外形的塑造因此出現「隨物賦形」的可能,加上漢字本身強烈的圖象特質與由方塊字形所形成的建築特色,於是使圖象詩有了令人驚喜的發展。

　　中西方因其文字的不同與文化背景的不同等,創造出不同的圖象詩,並且在各自不同的領域裡頭大放異彩:

> 西方圖象詩的圖象效果乃是利用文字排列所「製造」出來的,而臺灣圖象詩的圖象效果則是利用這文字排列,將漢字本身的圖象基因與建築特性所匯聚而成的圖象特質「表現」出來的結果;相對之下,這是漢字本身所潛藏的圖象生命的

　　自然釋放，而非刻意的「製造」。而且由「圖象詩」進一步
　　形成「圖象技巧」的全面發展，更是西方所無，也是臺灣現
　　代詩的一大特色。(丁旭輝，2000：19)

　　西方的圖象詩是利用文字排列而製造出來的，因為其文字就像
是一種符號，必須經過堆疊才能夠有圖象的產出；而東方漢字本身
就有其建築特性與圖象基因，利用這樣的特性再加以設計表現而成
的圖象詩，是我們所特有的，也是現代圖象詩的特色。

　　因此，我們可以歸結的說，只要是和圖象或者是圖畫有關連的
詩，我們就可以稱為圖象詩。透過圖象詩的創作，我們可以在這樣
的藝術作品裡頭發掘更多文字的可能性與其獨特的豐富感；而透過
圖象詩的研究，更可以透視這類藝術行為所表徵的內涵。

四、圖象詩的形式技巧

　　新詩的創作自由，可以隨詩人自由安排。而在圖象詩的創作
上，最常見的手法是利用文字堆砌出圖象：

　　由於新詩詩句可以隨詩人心意自由的安排，詩人嘗試以圖象
　　的形式來創作一首詩，常見的手法是把文字堆砌成所要表現
　　的圖式，造成詩的視覺效果與趣味。例如用文字堆成一座
　　山，或是以直立的幾行詩句象形幾棵樹木。內容與圖型應配
　　合無間，相輔相成，互相發明。這也就是圖形必須為內容創
　　作之一部分。(楊雯琳，2009：115)

　　這麼一來，語言的形式不僅是語意的，同時還是審美的形式符
號；不僅在詩的語言中，而且在日常生活中都不能排除這一審美因素：

詩作的形式技巧除了內在意象的表達，還有包含外在視覺的效果。現代詩和古典詩歌最大的區別在於分行、分段。作者可以依照句子的原貌，在結束時另起一行；或是在必要時，將原本完整的句子分行割裂，以達到強調的效果、音節的美感、感嘆或懸疑的張力。但是不管如何的變化，最重要的考量仍是全篇內容的暢達和節奏的和諧。（向明，1997：31）

既然有了視覺的直接刺激與影響，那麼情境的培養也有賴於文字的拼湊；但當文字在圖象詩裡頭變成元素時，就不會有過多的修飾文字，而是用文字去堆疊情境，就像是莫渝所說的：

由於圖象詩著重情境的視覺，比較注重形式，沒有繁複的文詞，只要構思巧妙，極易受到大眾歡迎。（莫渝，2000：208）

圖象詩的形式是為人所津津樂道的，但如果一詩作只流於形式的追求，就不免過於刻意。如黃恆秋《臺灣文學與現代詩》裡面談到圖象詩的形式：

形式的創造，談現代詩的形式是令人擔心的，忽略外在的形式，進而創造內在的有機形式，企圖把附加的格律，轉換為意象的秩序感和語言的節奏美，這是現代詩幾乎公認的事實，林亨泰的詩〈風景〉在形式上闡揚音感是相當成功的，唯形式的演練取代了實證意義；現代詩是自由詩，在形式上的要求彈性較大，若一再講求五言七言律詩絕句，顯然已跟時代背道而馳，若引進徘句十四行亦是徒加枷鎖，現代詩的形式尚在實驗階段，能否普遍被採行，那必是一個微妙而值得玩味的。（黃恒秋，2006：14）

現代詩在組織與探索文字的工夫上也可說是日新月異：透過聲調也可以使文字更有起伏、更有節奏感；伴隨著文字的音樂性，可以使文字更加的鮮明活化：

> 聲韻的默契：詩的世界可以從語意中感覺出來，更可以從聲韻中體會出來。我國傳統詩起承轉合有序，對偶押韻鏗鏘生動，可知詩不但是建立在語言的美，更是一組美妙聲音的組合。現代詩之捨棄格律外在束縛，唯追求聲韻的美卻大有人在。語言本身有抑揚頓挫，作為一個語意的思考，並伴著可感的音調，讀者喜歡親近渾然天成的絃外之音。對我國文字來說，象形、形聲很多，聲韻更可補足語意的缺憾，因而擴大文學「音樂性」的領域，聲韻之和諧能成為一種表現媒介，創造出不同的傳達型式。現代詩在有組織的探索語言節奏與意象秩序美之際，技術上對聲韻是值得酌量模擬轉化的。（黃恒秋，2006：16）

圖象詩的圖畫性也是圖象詩所帶出來的形式技巧之一，圖象詩巧妙的結合視覺符號與詞語符號，展現了圖象結合讀者的認知後，讓具象不斷的壯大。

透過圖象詩的繪畫性研究，我們可以知道繪畫的元素在圖象詩中也是不可或缺的存在；透過圖畫的具象美與抽象美，可以讓詩呈現出不同的風貌，因為欣賞詩就好像在欣賞圖畫一樣，如人飲水，冷暖自知，每個人的感受度不同，卻又巧妙的合在同一個範疇中：

> 圖象詩在「繪畫性」中所獲得的前衛地位是不可忽視的，它在表現領域中所展的獨特光芒，也應被一個自覺的藝術家所嘗試採納。而圖象詩巧妙結合了視覺符號與言辭符號，因而有利於讀者對詩的興趣與認知，但也因為讀者個人的印象、

記憶、聯想、知識、經驗與傳統觀念等差異，對圖象詩便產生不同的認知。因此，詹冰認為欣賞圖象詩，好像欣賞現代畫一樣，作者沒有說明的必要，了解與否要看欣賞者的修養高低，能感受多少就算多少。（李秋蓉，2003：51）

　　向陽在 2005 年於花蓮高中的演講中提及：詩是有聲的圖畫，圖畫是無聲的詩。中國古代所謂「詩中有畫，畫中有詩。」也就是這個道理：

> 詩歌、音樂、美術形式不同，然而表現的方式是一致的。詩的音樂性就外在而言，包括了用韻、句型句式的格律、聲音平仄幾方面。就內在而言，則如同象徵主義詩人馬拉美所說：「在聲音之中召喚意義。」並且藉著詩歌，梳理、洗滌情感。詩的繪畫性可以分三層來談。在最表層來看便是原始圖象，顏色、花朵的意象可以直接從文字上讀出來。第二層進入了意義與象徵的層次，用百合代表純潔，玫瑰則是愛情的化身。第三層便深入到文化的內涵，同樣是白花的意象，在中國文化中代表著死亡，在西方文化情境裡則代表著純潔。透過圖象的交互比對、運作，繪畫性自然就顯露出來了。詩中圖象的構成其實也指向心象的完成。文字本身一端指向看得見的圖象，另一端則指向意義。以手指月，目的不在指，而在月。思想如何突破，如何能夠頓悟，才是詩人要思考的。中文字形本身就可望文生義，眾木可以聚為森林，把月字寫歪了便是斜月。所以現代詩人嘗試展現詩的外在繪畫特性，我們稱之為圖象詩，或叫做具體詩、符號詩。若要為此下個定義，外型上有圖畫感的詩即為圖象詩。詹冰〈水牛圖〉即是一首好的圖象詩，外在形式（文字排列成一頭牛的形象）

與內涵意義兼顧。所以好的圖象詩強調以文字作為圖素重心，除了要畫出外在形象，也要帶出意涵和本質。（凌性傑，2006）

　　透過圖象的交互比對與運作，呈現出的繪畫性是被期待的：由意義生得圖象，再由圖象完全意義。好的圖象詩除了文字遊戲的追求與堆砌之外，更要讓意涵和本質在詩中凸顯且感染群眾。

　　向陽提到詩的繪畫性可以分成三個層次，從第一層最表層的原始圖象談起，再從第二層去看詩的意義與象徵，最後再進入第三層由文化背景來探討。圖象詩簡單而言，就是外在形式有圖畫感的詩，但又兼顧到內在的涵意。

　　至於向陽在〈城市‧黎明〉這首詩中將城市文明的景觀透過圖象詩而描摹出來，這首詩音樂性、繪畫性、建築性同時具備，構成了魅力以及對心靈的召喚。城市的大樓林立、百貨建築出矗立的孤獨感，在黎明之前的深夜，迴盪著孤寂：

城市‧黎明

夜深了，以瘦弱的身影，夜
深了，以一口濃黑的痰，吐
在紅磚道上

微弱的是	從黑色的夜中掙出頭來的	街車
M 大樓	流動的霓虹，螞蟻一樣	慾望
警示燈一樣	搔弄，所有發現她的	酒客
苦澀	不寐的眼睛	浪蕩
攀過牆垣	不斷眨著的眼睛	迷濛

再遠一些
Ａ 大樓第 68 層窗口的燈居然還亮在烏雲要散不散處
47 層的角隅欲語還羞的情侶纏成一根樑柱
與 Ａ 大樓搶著登場
……

這是凌晨三點　　地下道
昨夜與今晨糾葛難清　　酒壺和酒杯一樣
交媾，在火車站的鐘聲裡　　東倒西歪的
喘息，在凜冽的風中　　流浪漢
蜷曲　　　流淚

至於風
以及城市以及
黎明
亦黑　亦白
且白　且黑
愛怎麼吹
就怎麼吹

（向陽，1999，26，50-51）

　　由文字的堆高再堆高，拼湊著記憶裡對城市的印象；藉由文字
去表達疏離的冷漠，再從意象去回溯黎明的面孔，既已黎明，卻怎
麼不見太陽升起前的冀望？也許冷漠已經不是城市的形容詞，它足
以指稱城市，也讓即將到來的白日不再充滿希望。

　　圖象詩的意象經營是可以想見的，但論及其音樂性，又是另一個不同層次的考量，探究圖象詩的音樂性，在研究途徑上展開不同的觀察與期盼，成果是令人期待的。只可惜研究者少，而在上述所引文獻中，也幾乎都不曾提及，而有待別為開題討論。

第二節　現代圖象詩的特性

　　在新詩中，有許多的創作形式與類型；圖象詩特別凸顯詩作在創作的時候，使用了圖象的空間概念與構圖，使得新詩除了具有詩的語言，同時存在著圖象所表徵的空間感。就像是羅門提到的：

> 詩與圖象或圖畫扯上關係，彼此在相關照中所合成與並存的「圖象詩」，它是緣自詩中有畫、畫中有詩的意念，使詩只能想見的意象，形成畫中同詩的意涵有關的可見的圖象；這一創作的藝術行為，雖有它某些適當性與可為性，但仍存在有它的制約性。（羅門，2002：288）

　　詩的意涵與意象互相輝映，在圖象詩中彼此關照與並存，在創作的新意上是益多的，但其也存在著某些侷限。而這些侷限，可以透過圖象詩音樂性的找尋與歸納來作進一步的突破而更臻完美。

　　談到圖象詩的提倡，圖象詩透過文字本身的形狀，搭配特殊的處理與排列，發揮視覺效果，讓建築出來的詩的情境能夠具象的展演情緒的波度：

> 圖象詩或象形詩，是借文字本身的形狀，加以特殊處理或排列，增加詩的情境，發揮視覺效果，這是詩人巧思的展現。西方字母的「Z」，常被引為閃電的符號，法國詩人阿保里奈

爾（1880～1918）詩集《象形文字》（1918），藉字母，文字與詩句的排列，以顯示主題，如錶、領帶、噴泉、皇冠等，是典型的視覺表現的詩人；其詩作〈下雨〉，將字母直排列成五行，產生雨滴直下的效果，是此類圖象詩的典型。（莫渝，2000：207）

閃電、錶、領帶、噴泉、皇冠、雨等主題，都是很有形象的詩題，我們光憑想像就能夠有其具象的形象在腦海湧現；而透過文字刻意的堆疊出具象的形體，更可以讓這些主題獲得展現，更加強其形象與畫面。

詹冰也有〈雨〉的圖象詩。由於詩中文字是單一結構字，因此排列就須相當多同一字「雨」了：九行詩，雨佔六行，每行又是六個「雨」字直行排列：

雨

雨雨雨雨雨雨……

星星們流的淚珠麼

雨雨雨雨雨雨……

雨雨雨雨雨雨……

花兒們沒有帶雨傘

雨雨雨雨雨雨……

雨雨雨雨雨雨……

我的詩心也淋溼了

雨雨雨雨雨雨……

（引自丁旭輝，2002：29-30）

　　雨水筆直的打落而下，透過「雨」字連綿不絕的堆疊，再利用「……」符號來產生視覺上所殘留的餘韻，讓雨水具象的打在讀者的眼前。這就是圖象文字所給予人的立體美感，彷彿正沐浴於這場雨中。透過詩人寫意的文字與生動的描繪，重複的文字堆疊產生了特別的韻律美感，大雨滴、小雨滴，一滴一滴的降下，讓人徜徉其中。

　　經由詹冰的詩作與其對圖象詩的闡述，我們可以得知其對圖象詩的態度與想法，文字的感染力在詩裡透出了些許端倪，搭配文字的排列而成了具象的詩。而透過詹冰的詩，我們也可以得知在圖象詩創作的選材上，需要有一定的挑選（詳見前節所引詹冰語）。

　　透過詩與圖畫所融合而成的圖象詩，可以讓詩在表達上面有更多的途徑與創作形式，但如果這類的形式無法提高詩的效果，就像詹冰所說的，那會是徒勞無功的。創造了一個形式，詩卻無法從中獲得提升，就如同畫蛇添足，多此一舉。倘若能完備二者，兼具內涵與形式的圖象詩，不至於失味乏陳，才能令人期待。
在藝術的範疇裡，可以跨界與結合的地方很多。趙天儀在《美學與批評》一書中提到：

> 藝術有兩大領域；一是夢樣的靜謐，為空間性的美術的象徵，以日神阿波羅（Apollo）為代表；一是如醉的狂熱，為時間性的音樂的象徵，以酒神狄奧尼索斯（Dionysus）為代表。（趙天儀，1972：56）

　　空間性的美術象徵，因為描繪出了每個不同時空與背景，撐起作品所存在的支架，所以稱為像夢一樣的靜謐；而時間性的音樂象徵，幫作品注入了一股活力，文字在每個時空所揮灑的，除了獨一無二的內涵，還有不枯燥的音符跳躍，讓作者與讀者為它狂熱。

　　往往我們提到圖象詩的時候，總是探究其最顯著的圖象性。如丁旭輝對於圖象詩的圖象研究有其不可或缺的地位與影響：

> 由於圖象詩的長時間流行，遂使圖象詩「圖形寫貌」的手法，逐漸滲透到其他非圖象詩的詩作裡，形成「圖象技巧」在臺灣現代詩中的全面發展。所謂「全面」，是因為臺灣現代詩的「圖象技巧」，除了表現在圖象詩中，也表現在援用圖象詩「圖形寫貌」的手法，以文字排列，透過視覺技巧，在非圖象詩中營造詩形外貌之圖象效果的「類圖象詩」中，更表現在利用書面空白空間以經營視覺圖象效果的「留白」中。相較之下「圖象詩」有特定的對象，範圍較小；「類圖象詩」則指非圖象詩中使用圖象詩手法以製造圖象效果的詩，範圍較大；「留白」則是所有以書面印刷方式呈現的詩作必然有的現象，只是各個作品中是否藉「留白」表現其圖象性或表現程度之差異而已。（丁旭輝，2000：2）

　　圖象詩所帶出來的圖象手法，大量的運用在圖象詩的創作上，也有在非圖象詩裡營造詩形外貌具圖象效果的類圖象詩。不管是哪樣的詩作，這些都是圖象性所產生在詩裡的作用與表現手法。

　　詩的圖象所帶出來的繪畫性與排列組合所成就的音樂性，都是圖象詩所擁有的創作形式；而詩的繪畫性與音樂性如果合作結合時，會產生動人的意境與感人的節奏：

> 在詩中，有其繪畫性，亦有其音樂性。當空間與時間二者融合無間的時候，詩不但有動人的意境，而且有感人的節奏。因此，詩如果是語言的藝術，則須從詩的語言的性能上，探求其繪畫性與音樂性。（趙天儀，1972：56）

　　因為中國文字的特性，讓詩在創作中就存在著繪畫性；因為詩可以吟誦，所以也就有其音樂性。但趙天儀這裡所談論到的，較沒有包含圖象詩的部分。因為圖象詩的圖象性遠比音樂性更顯著，所以大家在討論的時候，往往較無法去顧及到圖象詩音樂性的部分。但這並不代表圖象詩缺乏音樂性，我們一樣可以從詩的語言性能裡去探求、歸納：

> 　　所謂詩的音樂性，意味著詩的語言底音樂性的表現，因而有其廣度與深度，但也有其限度。畢竟人類的語言，用文字作符號的媒介表現的時候，雖然可以逼近音樂，向音樂看齊，但詩不就是音樂，不可能表現所有音樂的功能。詩歌同源，而且有相當的時期，二者保持了同共界域。現在詩與歌分了家，要求詩帶有音樂性乃情有可原，但要求詩只像歌一樣，則恐非詩人所願。（趙天儀，1972：57）
>
> 　　在音樂的欣賞，我們最須具備節奏感與音準感，在詩的欣賞，我們最須具備語言的性能領悟。對理解詩論，詩人以及文藝的思潮也只是預備工夫，我們要在詩本身直覺其意象的捕捉，意境的創造與節奏的表現。（同上，57）

　　詩確實不是音樂，無法要求詩像歌一樣有顯著的音樂感，但是從詩中的節奏以及歸結出的旋律，還是可以從中探究詩的音樂性，讓讀詩、解詩的方法更多元、多方面的去闡釋詩作。而對於詩的音樂性欣賞，則需要具備理解語言的性能，才能夠體會到詩人創作時的思潮與詩所潛在的音樂性：

> 　　詩的繪畫性乃是賦予詩的語言以繪畫的性能，故跟詩的音樂性一樣，有其廣度與深度，但也有其限度。畫中有詩，它的

本身還是畫。詩中有畫，它的本身還是詩罷！因此，符號式或圖案式的詩，是否可能充分表現繪畫的性能，而不喪失作為人類訴諸詩的語言的功能？（趙天儀，1972：60）

趙天儀在這段敘述中提出了圖象詩是否能有音樂性的質疑。不能否認的，圖象詩往往較被廣為稱頌的是其圖象性，廣度和深度還是必須透過讀者的闡述與再製，便能延續詩中只可意會無法言傳的深意。但圖象詩的音樂性仍舊存在著，雖然無法馬上就察覺到，但細細品味仍然可以從字句間與圖形中獲得音樂美感；而透過音樂性的渲染與調和，圖象詩所蘊含的意義也會更加的外顯，情感也更能圓滿。又如同沈奇所說到新詩的節奏：

新詩的節奏永遠離不開語言的節奏和我們思想感情的節奏。這都是鮮活的東西，和我們生活現實有著密切的、不可分割的聯繫。（沈奇，1996：5）

人的情感往往超乎想像的豐富，內心的情感再澎湃也要有傾訴的媒介，而文字也許無法完整的描述情感，卻是情感寄託最好的憑證。詩所以能夠流通廣播，也是因為詩所造出來的形象，不僅存在文字之間，也存在在讀者的想像裡面。透過音樂感受來強化，可以讓形象更加的鮮明，也使意義更加的完備：

韻律與節奏是詩的音樂性的兩大因素：韻律的表現在詩行，節奏的表現在詩節；詩行重形象，詩節重意境；一首詩的韻味，是在自然的韻律與生動的節奏裡，表現心靈的波動。節奏的快速或緩慢，韻律的自然或流暢，是跟著心情的變化而變化。故詩的音樂性，只是詩的必要條件，而不是充足而必要的條件。（趙天儀，1972：58）

　　辛笛說過，新詩的節奏永遠離不開語言的節奏與思想情感的節
奏，詩人透過生活的種種與想像，在作品裡面編織著聯結情感與現
實生活的種種；趙天儀所提到的韻律與節奏也可以藉來完備辛笛的
說法：韻律在詩行裡面展現形象，而節奏則在詩節裡呈現意境並完
整情感的渲染。他又提到了詩的音樂性是必要條件而不是充足必要
的條件，有的詩無法輕易的找到音樂性，有的詩本身就欠缺音樂
性，我們只能從詩裡去歸納詩的音樂性與其所呈現的美感：

> 純詩派論者認為詩就是音樂，其實音樂性是詩，徒然的音樂
> 性卻不等於詩，段落的迴環反覆、錯落、押韻等是詩明顯的
> 音樂性，斷句、音調、期待押韻的失落也有可能是另一種音
> 樂性。所謂詩的「音樂性」無恆久的客觀音樂形式，可能因
> 不同時代的口語而有不同，也可能因詩人的獨裁的意志感情
> 而異。（鄒依霖，2006：5）

　　然而，詩和音樂真的可以分得很清楚嗎？雖然詩的音樂性無恆
久的客觀音樂形式，但隨著時代的推進，人們對詩所反映出來的相
關的情緒感受就不太相同：

> 創作者表達的音樂性也是一種意識形態的展現，此意識形態
> 藉語言的音樂性運作，語言被看成是產生特定意義的中介
> 物。康德便認為音樂屬於依存美，因為它依存於感官方面的
> 吸引力和主體方面的情緒，而這些因素畢竟與欲念有關，所
> 以除掉無主題的幻想曲和不與歌詞結合的樂曲之外，音樂還
> 只能列入依存美。不論文字或音樂，都往往是詩人表達的媒
> 介，所以也有其他再創造的可能性。（鄒依霖，2006：66）

　　創作者表達出來的音樂性跟讀者所感受到的音樂性也許會有所不同，但不可否認的文字和音樂都是詩人產出創作的媒介。透過媒介，創作者可以盡情的揮灑。而圖象詩當然也就蘊含著音樂性，因為詩人在排列組合文字的同時，不僅兼顧了其圖象的代表，也讓情感所構築的意象完整了詩人的思緒：

> 傳統詩是先有音樂的形式再有內容，現代詩是由內容而決定其音樂性的形式。通過形式，讀者被動的綜合篇章之意義，意義在讀者之心靈中自然形成，達成情感的共鳴。（鄒依霖，2006：58）

　　情感的共鳴也是另一種詩的音樂性表徵，透過情感的交流可以體會出詩中強烈的音樂感受，因為以其內容來決定音樂的形式與規模，再透過節奏與旋律來描寫情緒的流動，就會生動且具象的反映在每首詩中：

> 節奏是情緒上最原始的表現，詩是情緒最豐富的一種藝術，故音樂性之存在於詩，是自然的趨勢。詩的音樂性之表現，內在節奏就比外在的韻律更為動人；節奏是自然產生的，韻律是人為的。詩的創造，貴在自然，它的音樂性是隨著情緒的波動和語言上的節奏所形成；外形的音樂性，是死板的韻律，人為的矯飾。（覃子豪，1976：30）

　　覃子豪提到了情緒上最原始的表現就是節奏，因為節奏可以很直白的將情感展現，詩裡頭的音樂性是自然的存在。但不論是節奏或韻律，這些都是音樂性示現的一種手段與形式。透過韻律，也可以感受詩人刻意排列出來的音樂感受，去傾聽詩人所要表露的情感，這可視作詩人的巧思與貼洽的安排：

> 所謂「文字的音樂性」，便是文字之受一定的格律限制的，
> 及韻文之節奏，平仄與對偶，聲調與押韻，以及規定每節多
> 少行，每行多少字的圖案式的排比等等是；所謂「情緒的音
> 樂性」便是情緒之旋律化，情緒之永續的波動，即詩情之由
> 於想像作用，意匠活動而到達的組織化、秩序化所顯示的一
> 種音樂的狀態。（紀弦，1976：24）

　　紀弦這裡所提到的文字音樂性，較屬於近體詩那類的詩作，講
究平仄、對偶、聲調與押韻等，流於形式限制的弊俗；而情緒的音
樂性則多可見於現代詩當中，透過情緒的堆疊、波動，永續感受的
蔓延，讀詩不僅在「讀」，也正與詩人作情感上的交流。而其中，
最重要的關鍵就在於對詩作的情感渴望與想像力的表展。透過想像
力，除了在創作上可大肆揮灑；在閱讀詩的時候，也可以輕易地融
入詩的美感。

　　不少創作圖象詩的詩人其詩中有著豐沛的音樂性，陳黎便是其
中之一：

> 陳黎的詩作，其最明顯的特色，便是詩具有音樂性，而音樂
> 性有賴節奏的安排與情感的迭起湧現，或疊複，和韻律。除
> 此之外，詩人亦帶給讀者直覺震撼的後現代語言遊戲。（鄭
> 智仁，2003：27）

　　詩的音樂性有賴節奏的安排與情感的疊複湧現，陳黎透過了後
現代語言遊戲的手法，創作了大量的圖象詩，讓文字和圖象的巧妙
結合大大震撼了詩壇。同時，詩中的音樂性，也是其能完整圖象的
重要因素。為人傳誦的〈戰爭交響曲〉便是很顯著的例子，其恢弘
的氣勢與澎湃的士兵行進，更是讓人印象深刻；而詩裡所展露的音
樂性，也很值得後人玩味與學習：

很多詩評家都注意到陳黎詩的視覺性。陳黎在不同的場合，也多次談到自己的創作深受音樂以及繪畫的影響。事實上，我們的確可以在他的作品中經常看到他與繪畫／音樂的應答，展現濃烈的視覺性與音樂性色彩。陳黎在大膽追求視覺性與音樂性的同時，不時出現被評家視為文字遊戲的作品甚至招致非議。（賀淑瑋，2005：4）

　　文字創作與文字遊戲的界線似乎沒有辦法很明顯的分割，但藝術的包容性使得詩人和詩作可以在恣意的想像中解脫、揮灑。陳黎的詩運用了大量的圖象與音樂手法，也使其詩作與眾不同，也更耐人尋味。

　　陳育虹在一次的演講中提到了詩的音樂性。這樣的音樂性雖沒有強調圖象詩的部分，但我們也可以再狹義的將圖象詩套入這樣的音樂性理論，會有不一樣的解詩觀點：

　　　　詩是一種語言文字的藝術，字義與字音乃構成這項藝術的兩大要件。從兩千多年前希臘羅馬的史詩、中國的《詩經》以降，詩人們不斷的吟詠，詩歌有別於其他文類最根本的元素正是音樂性。詩與歌關係密切，往往無法分割來談……

　　　　陳育虹將詩的音樂性歸納為四種表現方式。第一種是押韻，不管是頭韻或尾韻，都是字音的重複。第二種是句型的複沓，譬如《詩經》〈子衿〉、〈采葛〉，一唱三嘆，又如向陽的〈黑暗沉落下來〉，「黑暗沉落下來」可說是種子句，以此反覆造成規律感，規律中又有變奏。第三種是段落或是斷句的處理，楊牧和管管一個南腔一個北調，斷句方式各異；詩人講話習慣不同，斷句的模式也就不一樣。第四種則是整體

的內在音樂。前三種可以從形式上直接分析，最後一種則要
連結詩的整體意義來看才能發現……

　　　內在的音樂性其實就是一首詩內發的氣質，這也是最重
要的。陳育虹認同詩是一種音樂性的思考，詩人是以音樂性
思考的人。詩人不試圖說服什麼，只是把感覺帶給人家，帶
著音感看事情而已。只有情感耐久，情感本身就是音樂性。
（凌性傑，2006）

　　陳育虹的演講內容，透過紀錄，可以清楚的窺見其對音樂性在
新詩表現的重要性。情感本身就是音樂性，同樣的畫面，配上不同
的音樂，會有不同的感受。詩也是，同樣的文字，如果配上不同的
情感闡釋，也會有不同的感受。

　　在欣賞詩的時候，我們也常會用「音樂性」來作為檢視的標準。
一首詩的音樂性安排：節奏、旋律等，如果創作者能夠掌握這些素
材，會使作品生動活潑許多：

　　　在節奏上，較快的節奏往往使人感到較為興奮、緊張。在
1962 年，心理學家 Valins 曾做過一個 Misattribution of arousal
的實驗：實驗者向一群男性受試者呈現女性裸體照片。同時
以聽覺方式呈現心跳的聲音，其中有些較快，有些較慢，但
皆非其本人的心跳。結果凡是和快速心跳一起配對呈現的照
片，多被判斷較具吸引力。如果節奏是又透過聽覺感覺反映
了某種生理回饋（心跳），快速的節奏確實有能力造成欣賞
者情緒的「激動」。在衛斯理（Samuel Wesley，1766-1837）
的回憶錄中有提到：「海頓的快板通常有一種歡愉的性質，
總會使聽者快活起來；他的慢板則多愁善感。」先不論海頓

　　使用了什麼更複雜的素材去營造「快樂」以及「憂愁」的情感，西方傳統上對於快慢板情緒掌控的作曲安排手法，多為「快板——快樂／愉悅／熱鬧」與「慢版——莊嚴／憂愁／寧靜」的配對，反映了單純以節奏影響音樂情緒的能力。（張詠沂，2009）

　　節奏的快慢確實會影響人的感覺，節奏快的音樂，聽後心情會不由自主的飛揚起來；節奏慢的音樂，聽著聽著也會開始沉澱內心的想法。這就像鼓的振動一樣，一個鼓打了起來，另一個鼓也會跟著產生共鳴。聽著節奏快的音樂，內心不由自主的產生了共鳴，心理的感受也不自覺的輕盈了起來；反過來，節奏越沉穩的音樂，會使心靈在沉穩裡慢慢的延展柔軟的感受，舒暢或者憂戚，也隨著聽者的心情開始產生。音樂的節奏能帶給人的震撼，在以文字與語言所構成的詩裡面一定也能夠找到可以相比擬的震懾，這也是文字所帶給人想像力的附帶條件。而圖象詩所經營的節奏？其實不難找到其中的節奏，依憑著這樣的節奏，我們再次的檢視圖象詩，更可以讓文字所建構的圖象說話，以一種更鮮明的姿態展現在讀者心中。

　　但同樣可惜的是，在上述徵引的論述極少有所措意。即使偶有涉及。也都含糊莫辨，對於圖象詩音樂性的類型及其美感特徵等未全留意，以致留予本研究再行深入討論的空間。換句話說，因為論者幾乎都忽略了圖象詩在繪畫以外的音樂效果，而使得圖象詩的賞鑑和教學等狹窄化，所以本研究才要致力來彌補這個空缺。

第三章　現代圖象詩中的圖象性及其餘韻

第一節　模象式的圖象性

　　文化的渲染與影響，一直都深受著信仰所支持著。本研究的第三章，藉由圖象性的模象式、造象式、語言遊戲式等不同的形式來探討、分類圖象詩的圖象性。而在探討圖象詩的圖象性之前，不得不先定義中西方信仰對文化所造成的影響：

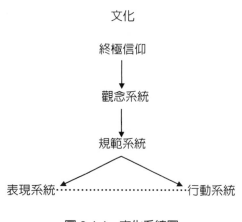

圖 3-1-1　文化系統圖

　　人的表現與行為，往往深受地方性的影響，而行為表現則需要有所規範，才能達到自由意識與行為良能的平衡。而規範總也能形

成相同觀念，變成大家崇拜嚮往的信仰，而信仰最終成為文化，影響著人的表現與行為。能夠和威權抗衡的，也許就只有信仰了。信仰也代表著一種約定俗成的依歸，在不同的文化系統裡，決定著不同規範與行為的表現。大抵而論，可得創造觀型文化、氣化觀型文化、緣起觀型文化三大文化系統：

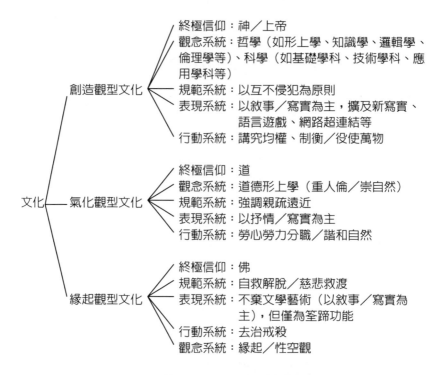

圖 3-1-2　三大文化系統圖（資料來源：周慶華，2005：226）

西方人依循著創造觀型文化，信仰上帝、崇拜上帝，認為創造與不斷地創新突破，使他們更能接近上帝；而透過馳騁想像力，西方人善用譬喻、借喻的手法，雖不見事物，但卻能將事物表顯出來。例如威廉斯（William C. Williams）的作品：

```
ta tuck a            踏    踏    卡
  ta tuck a            踏    踏    卡
    ta tuck a            踏    踏    卡
      ta tuck a            踏    踏    卡
        ta tuck a            踏    踏    卡
```

（孟樊主編，1993：91）

　　踏、踏、卡，踏、踏、卡，透過聲音來象徵服務生的腳步聲，降階的符號配置設計，使得服務生下樓梯的意象鮮明的呈現；樓梯的意象透過詩行的排列形成，搭配下樓梯的腳步聲，生動的呈現出下樓時的輕快意象。

　　至於我們，則依循著氣化觀型文化，以道為最終的終極信仰與行為的準則。中國自古以來都為大家庭的生活型態，注重人與人之間的相處之道與禮節，依循著自然、崇拜鬼神，社會的聯繫緊密。而氣化觀型文化也表現在前期的模象性文學作品，透過仿擬事物的外在表現，大量運用象徵的手法，具象的使讀者可以馬上融入並體會文學的美。外顯的呈現，甚至維妙維肖的仿真，都是此時期的特色。

　　模象式的創作表現自前現代至後現代一直都有，不會因為時代的更迭而消逝，因為其為最直接、最接近自然的仿擬。

　　詩的這種獨樹一幟的心理審美和生命解脫風格，在「跨域深沉」中還會有一些系統內的變數。也就是說，同樣是詩，表現看似沒有什麼不同了，其實它們仍會緣於文化背景的差異而各有偏向；而這一偏向所徵候的是相異文化背景中人的心理審美和生命解脫不能不有內在的質差，以致總詩觀為一而內質取向則有偏強／偏弱或偏外／偏內的分別。（周慶華，2007b：8-9）而正因有這樣的文化差異，所以才能形成如此多樣貌的文學作品供後人學習與研究。

模象式圖象詩重寫實性，模擬外在事物的形象，使詩與讀者之間產生親切感，簡讀、易懂，也不難與作者互相連結，或時有隔閡。

用具象的概念（concrete concept）代替抽象的概念（abstract concept）──概念本來就有抽象的意義，在此所謂「具象」並非完全和「抽象」對立，二者之間只是抽象的程度不同而已。（孟樊，1998：16）模象式的圖象詩並非和抽象完全對立，而是透過譬喻、象徵等手法，藉由文字呈現具象的概念。

圖象詩的圖象手法，在詩中可見一斑：圖象詩用文字的排列與堆砌，產生了新的詩的寫作技巧，呈現的詩形多變且有趣，夾雜創意與遊戲性，每個不同的作品都是一種對新思維的試探，這也是現代詩與古典詩最大的不同與挑戰。就像是聞一多提出最著名的「建築美」的主張：我們的文字是象形的，我們中國人鑑賞文藝的時候，至少有一半的印象是要靠眼睛來傳達的。原來文學本是佔時間又佔空間的一種藝術。既然佔了空間，卻又不能在視覺上引起一種具體的印象──這是歐洲文字的一個缺憾。我們的文字有了引起這種印象的可能，如果我們不去利用它，真是可惜了。（引自楊匡漢，1991：124）聞一多的說法，指出了中國文字的可塑性，但可惜的是他只將「建築美」的主張放在他所提倡的格律詩上，工整而嚴謹。直到二十世紀四〇年代的詹冰所寫作的「圖象詩」開始，經過五〇年代林亨泰、白荻的鼓吹提倡，形成一股風潮，才讓圖象基因與建築特色所共同鎔鑄而成的圖象生命，藉著自由無拘束的排列而在現代詩中釋放能量。（丁旭輝，2000：12～13）

下面這首詩是詹冰的〈山路上的螞蟻〉：

山路上的螞蟻

螞蟻螞蟻螞蟻螞蟻螞蟻螞蟻

蝗蟲的大腿

螞蟻螞蟻螞蟻螞蟻螞蟻螞蟻

螞蟻螞蟻螞蟻螞蟻螞蟻螞蟻
蜻蜓的眼睛
螞蟻螞蟻螞蟻螞蟻螞蟻螞蟻

螞蟻螞蟻螞蟻螞蟻螞蟻螞蟻
蝴蝶的翅膀
螞蟻螞蟻螞蟻螞蟻螞蟻螞蟻

（詹冰，2008：44）

　　「螞蟻」一詞中的「螞」、「蟻」都屬形聲字，就文字符號來看，連外形、筆劃都相似，聚合在一起密密麻麻的景象，確實很像一群螞蟻匯集。而我們對螞蟻這種昆蟲的理解，不外乎是團結合作，因此詹冰的圖象排列也成理。初次看到這首詩，相信都會直覺體會出詩意。

　　「螞蟻」的文字意義，不止是代表一種昆蟲，也能夠具體的呈現螞蟻這種昆蟲的性格，因為螞蟻每次出現的時候，總是密密麻麻群集的去找尋食物，這樣也是「勤勞、團結」的指稱。看到這個符號，我們很自然地聯想其隱喻。對應螞蟻的渺小，要變成螞蟻的食物，勢必是要遭到支解的，所以蝗蟲的大腿、蜻蜓的眼睛以及蝴蝶的翅膀，這些動物的部分身體，就淪為這群螞蟻雄兵的食物了。螞蟻在這裡也代表著一種支解食物的力量，牠們的排列方式是直直的一排，就好像是一把把的刀子，分解了比牠們還大的昆蟲，變成自己的食物後，再同心協力的搬運著牠們，走著整齊的步伐，回到牠們的巢穴。

　　詹冰用了文字的建築特性，去建構了一個圖象，顯示那種團結力量大的精神，特別是排列整齊的意象，為了目標而團結，團結齊聚只為了搬運牠們的食物。文字的建築性在在令人震懾，作者一連用了六個「螞蟻」的排列組合，兩直行為一個單位，整齊又單一的搬運前進著。六個文字的組構就足以令讀者感受到結集的力量與成效，牠們成功的搬運了牠們支解的食物，也搬運了讀者對這個情境的轉動，就好像真的看到了一排排的小螞蟻，辛勤的工作，不停的搬運著、走動著。

　　文字建構出來的圖象是流動的，而非靜止不動的，排列的文字顯示出了圖象所引起的崇高感，螞蟻的生存狀態躍然紙上，辛苦的結集在一起為的就是要把過冬的食物帶回巢穴。「螞蟻」密密麻麻的排列出了不停往前的流動感，也讓人體悟辛勤的工作就是要不間斷地努力，汲汲營營的工作才能夠有收穫。但不能夠只透過單隻螞蟻的付出，因為倘若是只有一隻或是兩隻的螞蟻，是不足以表現出整體的美感與壯觀，也表現不出密麻的象徵而無法具象的呈現。透過這樣的安排，文字立體的感染力可說是不言而喻。

　　圖象詩的圖象性在此詩中可以看得出來，文字在排列的時候加入了作者的巧思後，精心的安排，建構出了單行文字所不及的美感；透過重整、排列，顯象的好像真的把螞蟻搬運食物的樣貌清楚的呈現了。圖象詩的圖象技巧運用的淋漓盡致，卻又不會讓文字只是流於單方面的文字遊戲。文字本身的聲音與節奏感，在排列的過程中也漸漸地釋放出能量，感染著每個閱讀這首詩作的人，透過螞蟻的生存方式也可以檢視自己的生活並獲得啟示。

　　又如〈咖啡廳〉：

咖啡廳

一排燈
　排好一排眼睛
一排杯子
　排好一排嘴
一排椅子
　排好一排肩膀
一排裙子
　排好一排腿
一排胸罩
　排好一排乳房

一排眼睛
　排好一排月色
一排嘴
　排好一排泉香
一排肩膀
　排好一排斷橋
一排腿
　排好一排急流
一排乳房
　排好一排浪
　夜
　便動起來

（羅門，1995：89-90）

　　圖象的構圖，在簡單的排列中，生動了起來。這樣看似機械的、生硬的排列，就足以代表我們所看到的咖啡廳裡頭的事物，一排、一排的展示出咖啡廳井然有序的擺飾，生動的把空間感表達完備，也讓我們在閱讀的時候，除了單就文字去了解咖啡廳的內部狀況，也透過文字的排列讓我們在腦中構圖與理解出深刻印象的排序。這種利用文字的堆疊所產生的空間感，就讓圖象詩的圖象技巧發揮了最大的效益。在羅門所建築的咖啡廳裡面，我們可以看到所有的東西都井然有序的排著，一排、一排、一排，我們在這樣的文字裡，也隨它定位著我們自己的想像。但這樣的排列看似單調平凡，細細咀嚼文字，又加上變化的泉香、斷橋、急流、浪等因素，流動的美感躍然紙上，在拘謹的城市裡，好像隱藏著蠢蠢欲動的不安；夜，也在這樣的沉寂裡，騷動起來。

　　透過文字的模象，可以還原當時的現場，使詩人所要表現的場景與感受躍然紙上，這便是模象式的圖象詩所帶給讀者的具象震撼。文字本身就具有建築的功能，透過巧思安排，使得內涵更加的完備、外顯，這也正是模象式的圖象詩所表徵的特色與擬真感。

　　此外，紀弦的〈月光曲〉，也是前現代寫實性的模象式圖象詩的代表：

燈　　　月　升
。　　　亮　起　　　月
　　　　，　於
　　　　做　鍵　　　光
　　　　了　盤
　　　　暗　上　　　曲
　　　　室　的

裡

的

（白靈主編，2003：25）

　　詩美學應該落實於詩語言的情境。語言以物象的觀照為基礎。物象透過文字的觀照方式，是詩美學關注的起點。所謂物象，涵蓋自然的存在物與人生的事象。哲學家如此，詩人的意識更是在接納各種感覺中湧動。詩使草木生情；詩也使生存的世界富於人文的色彩。人和自然律動，自然的真實涵蓋了人的影子。人和人互動，「他者」的世界就有我不能缺席的必要性。物象的觀照實際上是詩人意識的投影。（簡政珍，2004：39）

　　紀弦以單獨一個字「燈」來象徵暗室裡的月亮，透過文字給人的明亮感，彷彿真的看見了一室的明亮都來自這小小圓圓的「燈」；透過文字模象出的圖象，從人類習慣的感官出發，加以組織，就可成就動人的作品；不需要華麗的詞綴，文字本身就是最好的主控者。

　　透過以上圖象詩的列舉，我們更可以回返認知到文化類型對圖象詩所產生的影響；而這樣的影響不僅僅展現在模象式的圖象詩，在造象式的圖象詩以及語言遊戲式的圖象詩中也可一探究竟。

第二節　造象式的圖象性

　　現代主義又稱現代派，它是第一次世界大戰前後在歐美出現的新興文學流派的總稱，其文學主張和參與作家相當龐雜，無法歸納出一致的綱領。在思想上，現代派深受哲學家叔本華、尼采、柏格森、薩特、心理大師佛洛伊德的影響，作品多表現大戰後人類精神世界的崩壞、荒蕪、非理性與荒謬感。在書寫的技巧上，則重視主

觀的藝術想像，自我的內在挖掘，形式結構的創新，並以象徵、朦朧、意識流、隨意性與自動性等多樣的表達策略，揭示現代社會的扭曲變貌，以及人性底層的晦暗可怖。本世紀幾個重要的文學思潮如表現主義、未來主義、超現實主義、存在主義文學、法國新小說、荒謬劇場等，都籠罩在現代主義的影響圈內。（瘂弦，1999：20）現代主義的作品，受第二次世界大戰後的影響，轉而不再拘泥於物體的本質，而是將物體的本質當作創作的起點，予以添加、灌溉；重視主觀的藝術想像，除了承襲前現代派的譬喻、借喻之外，也大量運用了象徵手法使文學作品產生新的樣貌。

因西方「現代主義」詩歌主要在表現對現實社會的不滿，而這正符合當時多數在臺詩人的心境。尤其是「象徵」的表達手法，可以將這種感受適切地表現出來，所以受到當時許多詩人的喜愛。現代主義文學的核心特色就是其創作都把自己定位為創造者。而以這個認知為基礎，現代主義的文學作家們心中便有重視現在，而忽視過去和未來的傾向。在這種任何作品均以創新為目標的情況下，他們拒絕接受任何歷史的束縛，不願承擔傳承歷史傳統的責任……但更重要的是，他們為了能夠讓作品呈現迥異於「過去」的「新」面貌，不但在語言、結構和形式等作品的外形上，經常選用「誇張」、「扭曲」、「零碎」、「跳躍」、「紛亂」以及「朦朧」、「模糊」等特殊的表現手法；同時，在作品的題材上，也偏向喜好「疏離」、「病態」、「異化」、「頹廢」、「灰色」等異於尋常的現象。換句話說，所謂現代主義文學，乃是一種內在的自覺性強烈，而且以「前衛」（avant-garde）的方式來表現的文學現象。它呈現出來的面貌既繁複且多姿，所以很難用簡單的歸納方式來描述。如果勉強以羅列方式來說明，則諸如象徵主義、印象主義、意象主義、未來主義、達達主義、超現實主義……等等。（張雙英，2006：137-139）為了有

別於過去，現代派選用了許多特殊的表現手法，在作品的經營上，也喜好追求異常的現象，面對未來的不確定感，或期待、或崇拜、或恐懼、或擔心；種種氛圍也感染了現代派創作上的思維。

　　造象式的圖象性多發於西方，探究其緣由，可從創造觀型文化來說明。因為創造觀型文化是直線式的發展，模象的寫實漸漸地走向未來，希望能愈來愈好，於是形成了新寫實主義、表現主義、存在主義、超現實主義、魔幻寫實主義等流派。這些不同的流派卻代表著同一件事情：未來是可以被期待的，透過想像與再製，模象過渡到了造象，創作者運用創造力，建構不同以往的形象。倘若說前現代是留戀過去，那麼現代則是嚮往未來。

　　西方前現代文學的想像創新特性（縱使它表面上給人的感覺是在「緬懷過去」，仍然延續到現代主義文學（只是現代文學「未來」才寄望它發生，跟前現代文學的好像「已經」發生有所不同罷了），並且還開啟了更多的面向（也就是有象徵主義、表現主義、未來主義、存在主義、超現實主義和魔幻寫實主義等多重互競迭出的流派）。（周慶華，2011：137）如：

我的自傳

1936

1937

1938

1939

1940

1941

1942

1943

1944

1945

1946

1947

1948

1949

1950

1951

1952

1953

1954

1955

1956

1957

1958

1959

1960

1961

1962

1963

1964

（哈維爾〔Václav Havel〕，2002：22）

　　一般傳記是用文字構設，而此詩則是以數字堆疊，彼此判若兩回事；但這樣「反其道而行」的用意，卻透露了詩人在暗示讀者：生命要顯得精采，必須每年都過得「不一樣」（一般人可能是「1936」

重複了二十九次，年年沒有差別）。它的深具啟示的「未來感」，就寓含在那一不斷變換「前進」的數字中。（周慶華，2011：139）我們碰到要寫自傳的時候，常常會用大量的文字來記載原生家庭、工作經驗、生活歷練等，但哈維爾卻用最簡單的數字，一年一年的展現出來，將過去與現在的種種化成符號，濃縮在這首詩中。而這樣的創作，顛覆了前現代的模象式寫法，用巨大的創造力與想像力開展了創新的形象。

　　至於東方，也出現造象式的圖象詩，但那是從創造觀型文化模仿習得的；又因侷限於本身的氣化觀型文化，想像力不及西方的運作，實際上還是會有距離。以下藉由許峰銘所整理的概念圖加以說明：

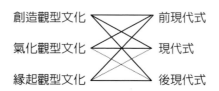

圖 3-2-1　三大文化系統及文學類型關係輔助圖（資料來源：許峰銘，2009：78）

　　創造觀型文化的文學表現自前現代開始，過渡到現代、後現代，直線式的基進產出，使得文學呈現一貫的態度成長、茁壯，以期進步且更接近其上帝信仰；而我們所處的氣化觀型文化，至今仍多產出前現代式的作品，因為文化的侷限，雖然受西學影響，文體開始慢慢轉變，與既有的舊思維結合，產生出仿效西方現代派的作品，但還是與西方作品有所距離；而印度所屬的緣起觀型文化，則輪迴於佛教的涅槃之中，因果循環，生生不息、生而不滅，對文學創作僅以筌蹄看待，並不時興跟著創新。

　　也如同周慶華所闡釋的：系統內的變數，嚴格的說無法只從表出形式去理解它的「所以然」，而得另外尋索或許才有可能深契。

而這依東西方詩學傳統所顯現的差別來勘察，則約略可以知道：西方人所信守的創造觀這種世界觀，預設著天國和塵世兩個世界，不啻提供了他們可以「遙想」或「揣測」的廣大空間，以致發展出了極盡馳騁想像力式的文化傳統；而東方的中國人所信守的氣化觀這種世界觀和印度佛教徒所信守的緣起觀這種世界觀，則分別預設著精氣化生流轉的單一世界和另有超脫趨入的絕對寂靜的佛境界（僅為生沒有生的感覺／死沒有死的感覺的超脫狀態；截然不同於創造觀型文化中的天國），而少了可以遙想或揣測的廣大空間，以致僅往內感外應和逆緣起解脫的途徑去形塑各自的文化傳統。（周慶華，2008，157-161）就造象式的圖象詩而論，有兩種呈現方式：一為創新觀念；另一則為創新形象。創新觀念是在舊有的觀念上，加以創作，使文學作品注入不同的生氣與表現形態，透過意象的渲染，讓文字在圖象詩中肆意發揮。

⑦	⑥	⑤	④	③	②	①
	連萊世	呂毋忘	陳角杏	李高固	蔣大頭	孫小毛

（周慶華，2007a：179）

　　這首周慶華仿作的〈新民主頌〉將詩句建構在民主投票的選單上，既是鼓吹民主，又是鼓勵讀者自行選擇心中所感受到的民主。而選項七的留白，更顯得耐人尋味。倘若真是投票選單，理當不會有空白的選項，但作者巧心安排了留白，為的是能夠更貼近「民

主」。既是「民主」，如果選單上面沒有理想的中意人選，在留白處
填上自己認為更適合的人選，豈不皆大歡喜？留白也代表了對未來
有「等值參與」的真民主的期待。創新的新詩寫作觀念，也使得讀
者雖是初接受這樣的詩句安排，卻也能夠很快地掌握到作者所要表
達的想法與意象。

　　林亨泰在訪談中也提到了：作為一個經常使用象形文字的中國
人而言，不去動這個念頭才怪，因為中國文字不但是一種紀錄語言
的工具，同時也可以當作客觀的存在看待。也就是說：可以把文字
當作物，乃至「對象」，藉文字的多態、筆畫、大小、順序等的感
覺效果來指揮詩的效果。換句話說，本來詩是表現存在，但符號詩
除表現存在之外，也可以把語言當作存在來表示。中國文字的特質
使這種所謂「符號詩」表現成為可能。如果換成歐美的音標文字，
像阿保里奈爾的一些詩的效果就不如中國文字理想。不妨先考慮到
中國文字的特質，然後才去嘗試「符號詩」的，並非一味地跟著西
方走。（林亨泰，1998：65）如：

```
            哭                      笑
窗  窗  窗  窗 了    齒  齒  齒  齒 了    房
窗  窗  窗  窗       齒  齒  齒  齒       屋
```

（呂興昌編，1998：103-104）

　　林亨泰既是現代主義者，也是形式主義者，在現代派時期提出
了「符號論」、創作了「符號詩」，為前現代派作品過渡到現代派作
品奉獻了不少的創作，〈房屋〉這首圖象詩就是其中之一。一排一
排的房屋，整齊的排列在一起，每個建築物，都有個向外接通的窗

戶，透露「齒」來代表「笑了」的時候的各家各戶形貌；依藉「窗」來呈現「哭了」的時候閉上的眼睛。孟樊提到：這首詩恰巧是結構主義者分析的佳例，兩排齒代表房子正背兩面的瓦，兩列窗指示屋子前後（或左右）的窗，露齒以為屋在笑，見窗以為屋在哭（假如此刻雨打窗戶的話），而房屋會哭會笑，自然是詩人把它給擬人化了。（孟樊，1995：226）房屋會笑，自是將其給擬人化了，這在文學作品中是很常使用的具象手法，給予房屋更生動的視覺傳達效果。

　　紀弦也在〈談林亨泰的詩〉一文中提及：我們為什麼不可以把八個「齒」和八個「窗」的排列看作二層樓的房屋？八個「窗」字的排列，可說是打開了百葉窗的房屋，至於「齒」所象徵的「笑了」和「窗」所象徵的「哭了」，豈不是除了它們本來的意味之外，還可以看作房屋的煙囪嗎？（紀弦，1994：25）不論是以文字擬物，或者用意象擬人，都可看出林亨泰這首圖象詩所帶來的討論與震撼，簡單的文字排列，創造出了新的文字應用觀念，使文字建構出來的意象充滿新鮮感與未來感，此為模象式圖象詩演進到造象式圖象詩的詩例之一。

　　就一個詩人的角度而言，面對本身就充滿圖象特質與魅力的創作工具——漢字而言，不動圖象創作的念頭似乎是很困難的。這種心態從文藝心理學上解釋了從古典漢詩的歷代詩人到林亨泰自己到臺灣現代詩中的圖象創作的由來；另一方面也點出漢字作為圖象詩創作工具的優越性。對這種優越性的深刻體認，使林亨泰面對優勢的西方文學時充滿自信，避開了盲目崇洋西化的可能缺陷，一出手便直接掌握漢字的圖象特質，將臺灣現代圖象詩與圖象技巧，推向更全面的發展。（丁旭輝，2000：44）透過丁旭輝的闡述我們可以得知，林亨泰在中國文字特質上的掌握度，在面對來勢洶洶的西

方文學時，將本身就具有圖象建築特性的文字予以排列組裝，再加上大量的符號與記號的輔助，使得圖象詩別開生面，在新思維的洪流裡挺立綻放。雖然說林亨泰的圖象詩跟爾後開展的圖象詩有些差異，但也能將其視為圖象技巧發揮在詩作中不可或缺的功臣。

　　另一方面，現代派還開展了創新的形象，透過新形象的塑造，可以得出不同以往的新面向。在新的情境與世界的掌握上，現代派的詩人掌握了舊與新兼具的文字特性，一方面歸結既往，一方面開創未知，也突破了詩作在創作方面的侷限，將抽象的概念用新的符碼來表達。好比碧果的〈鼓聲〉，就可視為此時期的創新的代表：

（碧果，1988:163）

　　〈鼓聲〉詩以圓黑點象徵人對鼓聲的幾何美感（鼓聲原為「爆裂」狀，現在改以幾何中最美的「圓形」列序，則無異在誘引讀者重蘊審美品味），則新寫實性味濃。（周慶華，2008：157）圓形表徵的鼓聲，因為打鼓者越走越遠的關係，一開始感受到的鼓聲是很大聲的，但漸漸地打鼓者漸行漸遠，雖然說其打鼓的力道一樣，但聽者的感受就不同了；圓形也表示打鼓者一致的力道，而由大到小的排列，則在在說明了因為距離而產生的美感。只是透過圖象大小的排列組合，就可以生動的展現空間感與距離感，降階的排列也使

得創新形象在形貌上獲得不同的詮釋與舒展。詩人大展長才的將創造力展現在字裡行間，也不難察覺其所創造的新形象。

　　另外，胡寶林在〈一則分類小廣告〉也塑造了創新的形象。詩作初看就與我們平常所閱讀的分類廣告沒有兩樣，而細細咀嚼則會發現其有別於以往的特色與形象：

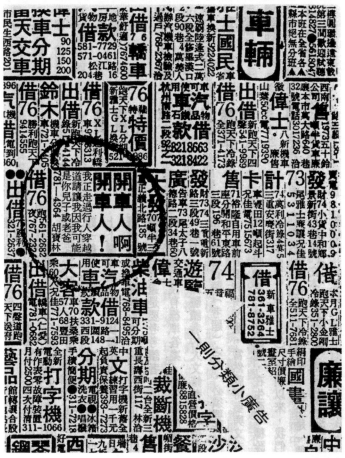

（引自焦桐，1998:105）

　　整首詩呈現出表現主義的未來感，作者不僅改變了汽車的分類廣告，也改變了一般人讀詩的習慣。巨大的箭頭，帶領我們看向此則分類廣告的重點，主旨是希望讀者能夠在開車的時候多留意，小心交通安全，「我正走過行人穿越道請讓我因我可能是你兒子或老爸」的句子，正經中帶點詼諧。原是勸人當心行人的標語，因不想太過教條式的說理宣導，反而透過簡短的幾個文字蘊含趣味，隱身在此分類廣告中。小心兒子或老爸，其實所要強調的是行人中的小孩與老人，因為他們在馬路上移動的速度也許無法像一般人一樣，用第一人稱的說明，表徵著因為是作者在過馬路，所以要每個駕駛小心，放大了作者的意識也使作品更添趣味。

　　創作者所以會採取行動來創作文學，是因為他認同了一種文學觀念（或多種文學觀念）；而他所認同的文學觀念，又根源於他對該文學觀念的高度價值的肯定。既然要塑造一種新的文學觀，那麼以這種文學觀來發揮所論而試圖開啟新的論述蘄向，也就可以「邀人賞愛」了。（周慶華，2004b：196）我們身處在氣化觀型文化中，使得我們在創作上無法像西方一樣氣度恢弘，但透過不斷創新的思考與對話，一樣能夠產生出可觀的文學創作。透過新寫實手法所創新的觀念、形象和世界，在此時期的創作是可以被期待的。

第三節　語言遊戲式的圖象性

　　就在結構主義、解構主義等管領文學批評的風騷期間，文學創作也經歷了兩波大的變動：一波是隨著現代科技理性高度發達而興起的現代主義；一波是隨著後現代資訊分裂和解構主義的躍動而興起的後現代主義。前者以前衛的姿態橫掃前現代寫實傳統的餘緒，締造了一個「面向未來」的新寫實的格局；後者則以超前衛的作為

將兩種寫實觀念一起擺脫，而開啟一個「自由解放」的最新氣象。它可以用模象／造象／語言遊戲的概念來「指實」從前現代經現代到後現代等三個階段的創作理念的轉變情況。(周慶華，2004b：141)

　　談到語言遊戲式的圖象詩，就不得不先提及後現代主義。經由寫實過渡到新寫實，從中去結構並歸結理論，再過渡到解構主義，後現代主義的文學思潮慢慢地表徵在後現代技巧的運用。語言遊戲式，可說是文本互涉或意符追蹤遊戲，大抵創作者在此領域中都能將語言遊戲、文字遊戲玩得盡興誘人，用以蘊含並徹底解構既有的觀念與定見。其表現以解構為創新，而解構也可再細分為直接解構和間接解構兩種。直接解構多利用字型排列的方式進行，同質性的拼貼使語言遊戲在創作中產生巨大的表徵效果；間接解構則是透過異質性的拼貼，將不同的形符、文字結合，諧擬出不同風味的語言遊戲式作品。

　　解構主義出現在二十世紀六〇年代，主要是要解消一切的結構體，包括傳統的理體中心和先前的相關結構主義的結構觀念等。它從意符的延異起論，而後推及文本的無盡指涉現象，來佐證解構的必要性。它是當代所出現的心理語言學、社會語言學、文化語言學等一些跨科際（包括可以跨結構主義和解構主義等）的學科所輻射的方法廣度及其對語文研究所造成的「連鎖影響」效應。(周慶華，2004a：15）解構語言成果單一的理解，創新了多種的理解和不可能理解；它可以更新我們的觀念，與舊思維迸出火光。不管可否理解，都只能是理論上的理解，實際上我們不會這樣使用語文，因為社會自訂的一套標準執行法則，使得我們會用權威介入去阻斷意義的延伸。

　　如果我們對語言仔細審視一番，看作紙上一連串的能指詞（意符），意義（意指）最終很可能是不確定的；當我們把語言看成我

們做的某件事，跟我們實際生活形式不可分離地交織在一起時，意義就成為「確定的」，像「真理」、「現實」、「知識」、「肯定性」等詞語就恢復了原來的力量。這當然不是說，語言因此就成為確定的和明白易懂的了。恰恰相反，它比最徹底地「分解了的」文學文本更加晦澀和矛盾。只有這時，我們才能夠以一種實際的而不是學究的方式看到，那些東西算是明確無誤的、可信的、肯定的、真實的、虛假的等等，並且看到在語言之外還有那些東西捲入這些界定之中。（伊格頓〔Terry Eagleton〕，1987：142）

　　在解構的過程中，意識形態的養成與影響，也使得權威漸漸地高張；倘若將權力視為統籌一切的力量，而反抗權力同時也能夠視為解構中的過程。

　　「話語」是現代和後現代社會將人作為「主體」來進行組織和規定的一條最具特權的途徑。用當今流行的話來說，「權力」透過它分散的制度化中介使我們「主體化」：這就是說，它使我們成為「主體」，並使我們服從於控制性法則的統治。這一法則為我們社會所授權，並給人類自由劃定了可能的、允許的範疇（這就是說，它「擺布」著我們）。實際上，我們甚至可以假定，權力影響著我們反抗它所採取的形式。（蘭特利奇〔Frank Lentricchia〕等編，1994：77）

　　主體或客體是相對的，彼此相互對話的過程中，使得解構主義在主體化的過程中一方面迎向權威，一方面又反抗權威。權力之外並不存在本質的自我；同樣的，對權力任何特定形式的反抗，也是依賴於權力，而不是某些有關自由或自我的抽象範疇。換句話說，我們所生存的世界，就是一個話語運作的場域，而權力則為該場域終極的主體。（周慶華，1999：227-228）

　　以下是周慶華的〈樹癡〉，這首詩解構了一棵樹的形象，也解構了一般人對樹的看法：

```
　　　　站
　　　　著
　　　　很
　　　　累
　　誰　很風
　一能　過會一
是　棵記癮說棵不　　　樹
　　棵得從人棵　　　　癲
　　　你底話
　　　　下
　　　　生
　　　　長
```

（周慶華，2001：120）

　　一棵完整的樹有樹根、樹幹、樹葉，而周慶華所種植的這棵樹除了擁有一般樹木的形象之外，還利用文字去作解構；在拼貼文字的過程中，除了直挺挺的塑造樹木的高聳感，還將很累、很過癮等情緒濃縮在其中。樹原本獨自生長、傲然挺立，被記得也好，不記得也罷，常被視為背景的樹，就那樣挺直的站立著。但「誰能記得你」又將敘述立場從第一人稱轉換到第二人稱，解構了我們一般讀詩的方式。

　　夏宇，一個恣意徜徉在文字遊戲當中的創作者，其作品多屬後現代派。以下藉由她的〈連連看〉與〈失蹤的象〉這兩首詩，來探究她在語言遊戲當中的成果與驚人的創作能力：

連連看

信封	圖釘
自由	磁鐵
人行道	五樓
手電筒	鼓
方法	笑
鉛字	□□
著	無邪的
寶藍	挖

（夏宇，1986：27）

　　這在形式上拼貼了一些異質性事物（每樣東西都「互不相屬」）；而在技巧上則諧擬了制式教育中試題「連連看」的崇高性（將它降格成「無法可連」）。從異質性事物的差異到上下兩排符號連無可連，此詩可說是極盡雙重解構的能事。（周慶華，2011：165）

　　這首詩使用了間接式的解構手法，在形式上拼貼了異質性的事物。所謂的異質性，就是代表每樣東西之間的關聯性不高，而透過拼貼使得作品在看似有選項的連連看裡無法理出「標準答案」。但倘若要兩兩相連，則又是另一種解構的方式了。語言遊戲式的圖象詩，透過不斷的解構再解構，不斷的變形，使文學詮釋有別以往的固定模式，而是各自分派、歧異分支。

　　下面這首〈失蹤的象〉，又再度的挑戰了舊思維與意象：

言者所以明[圖]，得[圖]而忘言

言者所以存意，得意而忘[圖]

存[圖]者，非得意者也

存言者，非得[圖]者也

[圖]生於意而存[圖]焉，則所存者乃非其[圖]也

言生於[圖]而存言焉，

則所存者乃非其言也

然則忘[圖]者，乃得意者也

忘言者，乃得[圖]者也

得意忘[圖]，得[圖]忘言

故立[圖]以盡意，而[圖]可忘也

而[圖]可忘以[圖]盡意

（夏宇，2001：54-55）

　　擅長利用符碼與意象創作的夏宇，採以古文中談圖象與意義之間關係的〈明象〉篇為底本，而將原文中所提及的卦象、所指的「象」全以動物、植物，甚至是日常生活中可以看見的事物來替換。這看似胡鬧的塗改遊戲，其實是作者以輕鬆的姿態對中國文化所衍生出的父權思想——被奉為聖旨的父權權威性所作的小小反抗。用生動可愛的圖樣表達「象」，也意味著男性語言統御下的一切不是唯一，「事實」可以更多、更好、更有趣。創作獨樹一幟的夏宇同時也是個女性主義作家，在其文學作品中常可以窺見其對父權社會的嘲笑與小小自勝法的反擊。

　　陳黎為現代詩人中多產且重要的詩人之一，受西方思維的洗禮，從舊與新的不斷對話，東方與西方持續交流學習的影響，使得陳黎在近年來的創作多有所突破。他也在他的許多詩作中運用了大

量的語言遊戲手法。在〈為懷舊的虛無主義者而設的販賣機〉一詩中或可窺見：

為懷舊的虛無主義者而設的販賣機

請選擇按鍵

母奶	●冷	●熱	
浮雲	●大包	●中包	●小包
棉花糖	●即溶型	●持久型	●纏綿型
白日夢	●罐裝	●瓶裝	●鋁箔裝
炭燒咖啡	●加鄉愁	●加激情	●加死亡
明星花露水	●附蟲鳴	●附鳥叫	●原味
安眠藥	●素食	●非素食	
朦朧詩	●兩片裝	●三片裝	●噴氣式
大麻	●自由牌	●和平牌	●鴉片戰爭牌
保險套	●商業用	●非商業用	
陰影面紙	●超薄型	●透明型	●防水型
月光原子筆	●灰色	●黑色	●白色

（陳黎，2001：148-149）

　　這在形式上拼貼了一些異質性事物（包括具體的和抽象的、可食的和不可食的、文學的和非文學的，五花八門）；而在技巧上則解構了販賣機只提供單類食品或物品的功能（把它擴及到甚至可以供應「浮雲」、「白日夢」和「朦朧詩」等帶文學感興的東西；而這太多類型販賣物形同「功能無效」）。就因為此販賣機有選無可選（或不知從何選起）以及全詩無機的組合等特徵存在，所以它的雙重解構的功效也不辯自明。（周慶華，2011：164-165）

　　販賣機裡頭賣的，是否正如你所需要的？在語言遊戲式的表現中，可以想見與想像不到的事物，都有可能出現，而這也正是此類文學作品最富特色的地方。倘若要說文字的極盡運用，這樣的寫作手法不僅考驗了作者的選材內涵，也考驗著讀者是否能夠心領神會。有形的、無形的；有功用的、沒功用的；可販售的、不可販售的……等等，全部被作者整合在這首詩裡頭。看似突兀、不合常理的組合，透過不斷的解構，不斷的對話，也能自成一格。

　　在語言的感官化及科技化（只愛用科技性語言）之餘，如上所述，後現代可謂是新生代詩人在世紀末的時代所表現出來最為搶眼的特色。後現代詩的主要特徵如下：

　　（一）文類界線的泯滅；

　　（二）後設語言的嵌入；

　　（三）博議的拼貼與混合；

　　（四）意符的遊戲；

　　（五）事件般的即興演出；

　　（六）更新的圖象詩與字體的型式實驗；

　　（七）諧擬大量的被引用。

（孟樊，1998：351）

　　孟樊將後現代詩定義出七種特性，而透過這些歸納，我們可以更清楚的得知後現代手法在語言遊戲中展現出來的各種面向；而透過這些面向，我們在欣賞各種創作的時候，可以更有頭緒的將後現代詩歸結、分類。

第四節　現代圖象詩連帶音樂性的關照

透過模象式、造象式、語言遊戲式等方法來歸納圖象詩，就不難發現圖象詩中所透露出的音樂成分，隱隱的在字裡行間流竄。音樂性的推敲，不僅可以從聲音去找尋，透過文字的排列，流轉在字裡行間的起伏感，也能夠感受到音樂性在圖象詩中隱隱的潛伏著。

圖象詩的特性，在混合著「讀」與「看」的經驗，它利用了你的「腦筋」，並且也利用了你的「眼睛」。它使以往千百一律的形式的面孔成為表現它本身獨特的形式，就如那件事物的本身站在那兒向你逼視。圖象詩的形象，使詩更能回復到文學以前的經驗；回復到聲音與符號結合而成的，原始、逼真、衝動，有著魔力的經驗。（白荻，1972：8-14）圖象詩的特性，不光只有具象的美感，整體流露出的音樂感染力也不容小覷。而我們結合已知的文學經驗，用音樂性思考的方向去理解圖象詩，可以發展不一樣的讀詩解詩能力。而聲音與符號的結合，也挑戰著創作者的創造力是否能在創作的思考途徑上，將文字配置得恰到好處、生動表意。

韻律的經營是抒情文體逼近音樂的旋律和節奏的唯一途徑；由於文學的語言是特別經過藝術般額外加工的（也就是運用比喻、象徵等表達技巧），而抒情性文體（特別是抒情詩部分）的語言又是所有文學的語言中最精鍊的，以致讓它具有音樂性也就可以使語言結構的審美功能發揮到極致（至於它透過形式的錯雜排列還可以製造繪畫的效果，那又是「餘事」）。這一般是經由字詞的選擇、聲韻的搭配、音調的調節以及句式的變化等來成就；但它卻很難有什麼特定的方向可以遵循。不過，抒情性文體的語言既然是最具藝術特徵的，那麼為了維持它這種特有的格調，還是得隨時留意讓它向音

樂靠攏；以致講究音樂般的旋律和節奏，也就成了在意象的安置這種視覺美感外為再達聽覺美感的必要的要求了。而同樣的，抒情性文體相關的韻律的經營越能貼近音樂的旋律和節奏的，也就越能顯現出它的進取性而可以給予優評肯定了。（周慶華，2004b：282-283）

在討論圖象詩的圖象表徵的同時，我們是不是能夠意識到其潛伏於其中緩緩流動的音樂性？旋律和節奏在不經意中蔓延於生活的每個角落，無法將它們完全切割，但卻能夠找到它們，試著歸結其音樂美感。

創作的社會驅動力可以從下列幾個方面來設定發微：首先是社會中的意識形態（價值觀）影響了創作的「向度」。所謂意識形態，曾經被設定為一套思想體系或觀念體系，用意在解釋世界並改造世界。任何創作都不可避免要襲用或塑造一種或多種意識形態，才能進而有效率的達成「推移變遷」或「改造修飾」語言世界的想望。換句話說，一切創作都是意識形態的實踐；而這種實踐方式，會隨著創作在它裡頭成形的各種制度設施和社會實踐的不同而有所不同，也會隨著那些創作者的立場和那些接受者的立場的不同而有所不同。因此，我們可以透過創作相關的制度設施、透過創作所出發的立場和為創作者選定的立場來確認創作的「意義」。也因此，創作的實質所向，就全看意識形態為何而定了；其次是社會中的權力關係影響了創作的「結構」。所謂權力關係，也曾經被設定為人和團體或人和自然之間所形成的對立或諧和現象，也是創作者所無法避免要藉使或依憑的。（周慶華，2004b：210-211）

詹冰的〈山路上的螞蟻〉，整齊的排列出螞蟻覓食時整齊的隊伍，而這樣的文字排列，除了具象的呈現圖象，透過音樂性的關照，也能發掘它想要呈現出來的音樂美感。也就是透過讀者的解讀，如果將這樣的覓食隊伍加上了心理因素：螞蟻急忙的搬運著食物，為

的是希望能趕在冬天前將食物蓄積好；又或者螞蟻們正一派悠閒的搬運食物，平穩地做著該完成的分工。不論是辛勤、急忙或者樂於工作，這樣的音樂性美感就像是一個交響樂團，或輕、或重、或快、或慢，共同譜出優美的樂章，同時也完全了整首詩蘊藏的情緒美感。

周慶華的〈樹癡〉，這棵傲然站立的樹平穩且溫和，情緒的蔓延是圓滿的、無欠缺的，慢板而蘊情，其所透露出來的音樂性可以視為抒情樂。讀這樣的詩，會使心理舒坦平靜，不會因為過度的起伏或擔心或喜悅，溫柔帶感情的柔性訴說，情感內蘊而雋永，就如同一首讓人聽了又聽的抒情老歌。

羅門的〈咖啡廳〉，透過一排、一排、一排的事物串起整首詩，輕快且流動的情緒隱隱的滑過其中，情緒有起伏、有高低，活潑生動的猶如一首熱門樂，符合大眾喜歡的新鮮感，也不至於過於沉重或是過度負擔。碧果的〈鼓聲〉也屬於熱門樂，它沒有被歸類在交響樂是因為鼓聲只有一種，鼓聲的音調固定不變，所以敲鼓力道的輕重大小的掌握著不同的變化，而熱門樂不必擁有大規模的樂團襯托，簡單、輕快的帶出流行的音樂性。

至於這樣的音樂性，我們可以歸結出：情感澎湃如交響樂；慢板蘊情如抒情樂；輕快熱情如熱門樂等不同的節奏與旋律表徵。與圖象詩的圖象性交互對話後，可以得到圖象性與連帶性音樂的關照圖：

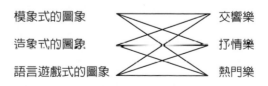

圖 3-4-1　圖象性與連帶性音樂關照圖

　　透過這個關照圖，我們可以開啟圖象性與其連帶音樂性的研究。也就是透過節奏與旋律的表徵與影響，使音樂性在圖象詩裡更具體的被挖掘。

第四章　現代圖象詩中的節奏與旋律表徵

第一節　可以比擬交響樂

　　圖象詩透過形符與意符的排列組合,使讀者在閱讀時可以被具體的形象所吸引、震懾。在討論過外顯的形符後,接著就來探討意符在圖象詩當中所產生的內涵、意義,以及它所表徵的情感;而用音樂學方法來審視它,發覺文字的節奏與旋律,以及它們在圖象詩中所發揮的功能。

　　在從圖象詩中發掘音樂美感前,首先要定義所要尋找來作為研究主體的圖象詩。

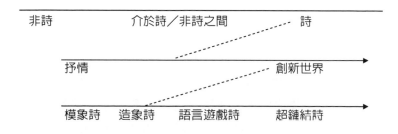

圖 4-1-1　新詩的承襲與演變圖 (資料來源:周慶華等,2009)

　　詩為抒發情感的媒介，從情感的抒發過渡到創新世界，會歷經模象詩、造象詩、語言遊戲詩、超鏈結詩的過程，而它們彼此之間的關係是延續的、累加的而非可分割的。而本研究中的圖象詩，為新詩中的一種表現；而現今新詩所以有別於以往，便是強調其新穎性與突破傳統窠臼的創造性。圖象詩的圖象技巧原為創新詩作的巧思，但也易於流於制式化，使新詩的創作又陷入另一個窠臼。我所要處理的，便是尋找圖象詩中的相對音樂性。音樂性是相對而非絕對的，每個人對音樂的感受深淺與心理層次的感觸影響也不同，但在這樣的音樂感悟裡尋找整體美感的界定，去發掘圖象詩圖象性之外的不同美感，或許可以是現代圖象詩欣賞、閱讀與創作等不同的思考面向。

　　「詩歌」，就其廣義而言，是指在中國文學上居於主流地位的「韻文學」，也就是唐詩宋詞元曲以致於戲曲等。音樂有音樂的旋律，語言也有語言的旋律，唐詩講平仄，宋詩分上去，元曲別陰陽，而崑曲重一字三聲字頭字腹字尾。這是什麼緣故？原來其間的演進與發展，就是語言與音樂逐次配合乃至融合的歷程。旋律之美寓於聲情，情趣之美見於詞情，聲情與詞情必須相得益彰，然後其間的興會才能真正圓滿無遺。決定韻文學語言旋律的因素應當有：聲調的組合、韻協的布置、語言的長度、音節的形式、詞彙的結構、意象情趣的感染等六項。（曾永義，2004：29）

　　自古而來，詩與歌常常被放在一起討論，原因在於漢字的特性，可以使詩在朗讀的過程中，獲得抑揚頓挫的聲韻起伏，琅琅上口後便可以吟唱。曾永義也提出了六種語言旋律應該要有的決定因素，前五項為漢字的特性，意象情趣的感染則說明了詩所表徵的意象與情趣。如果沒有意象的經營，詩作會變得抽象無範圍，易於流於空泛或是不知所云；倘若缺少了情趣的經營，詩作便無法貼近人

心，與讀者之間產生共鳴。透過意象情趣的感染力，除了可以在閱讀時心領神會，也可以更具象的理解創作者所要表達的中心思想。圖象詩的圖象功能往往明顯表現在文字的排列組合上，也許能透過漢字的特性加以分析處理它的音樂性範疇，而不足的地方，則需要靠意象情趣的感染力來完備思考，使圖象詩在尋找音樂性的過程中能夠透過情緒的流動去牽引潛藏的音樂感受。

　　在現代主義的詩學中，瘂弦的詮釋極為精要，他指出，新詩句子的長短是不確定的，句裡的節奏乃是根據內容意義與文法邏輯區分的，所謂「新的聲調既在骨子裡」，也就是一種內在的音樂性的講求。顯然現代詩的音樂性，指的是一篇作品中，節奏和聲韻的協調，合乎邏輯的抑揚頓挫，一旦透過修辭的技巧，詩的節奏或詩的音調，如能表彰出詩人的心志，產生一種與情慾流動時的交點共鳴，就表示出現了「詩的內在音樂性」。（引自須文蔚，2004：37-38）新詩的創作方式多元，句子的長短、排列，都是不確定的未知數，如果再更進一步的探討圖象詩的音樂性，就會發現我們無法只就句子的長短排列來探討它的音樂性，必須輔以情感的流通與詩人達到心靈上的相通與共識，並藉此整理出其所帶給我們的音樂感受。而當詩人的心志與讀者之間交相對話產生共鳴後，音樂性就成了記錄這些的媒介與憑證，不僅代表一種過程，也可以視作交相流通的成果。而當節奏與旋律配置妥當，合理協調，美的感受便也產生了；而美感的體會與實踐，也將在音樂性尋找的過程中體現。

　　其實臺灣新詩一直有一些創作者，從形式到結構到節奏，從句法到語氣，一步一步地在詩作和音樂的結合上努力。具體的成果，如仿音樂體、五行詩、十行詩、迴行體、選舉歌曲、擬民謠風、狀聲詞，以及描寫音樂的詩作、錯落有致的句形分佈，臺灣新詩在規律、反彈和重複三方面體現了音樂性。（鄭慧如，2005：4）鄭慧如

提到了新詩的創作者一直注意著音樂性在詩作上面的努力結合。大抵而言，錯落的句法、跳動的文字，是最直接能讓讀者感受到音樂性的新詩表現手法，因為詩不像文章一樣的平鋪直述，也不像戲劇一樣的生動活脫，在平面的侷限空間裡，試圖用最顯明的姿態，表達最貼近人心的情感。而新詩的規律、反彈與重複，也在圖象詩中大量的被運用著，這也是我們在找尋音樂性時很重要的徵候與憑藉。

　　意象情趣的感染，由於每個人的性情、學養、遭遇有別，對於同一韻文學所表達的意象情趣，所獲得的領悟和感受，難免有高低深淺強弱等層次的不同，而由此所反射出來的語言旋律也自然有別。如果勉強加以分析說明的話，那麼可以這麼說：意象情趣感受鮮明，則注意力集中；其豪放者，聲音自然隨著高而重而促；其婉約者，聲音自然隨著而低而弱而長。意象感受模糊，則聲音只有自然隨著而低而短而輕。（曾永義，2004：33）每個人從詩作中體會到的意涵與感受，會因為不同的性情、學養與遭遇而有不同。不過大致上來說，如果意象情趣感受鮮明的，代表其經營的物件是很集中、匯聚精神的；反過來倘若是意象模糊，也正因為其沒有特別的經營與規畫，就如同日常生活的語言，容易被忽略。透過不同情緒的感受與涵養，體會意象所深涵的情趣，藉以感染創作者底心的想望欲念，也可以使情緒波動的圖表更生動的與讀者相接與契合。

　　不僅僅現代詩追求「內在音樂性」，二十世紀的音樂便受了現代主義所影響，充滿了哲學與理性色彩，創作上特別著重個人的理念及意象的表現，像「表現主義」者就以作曲者內心所想到的、所思考的，以不受外形拘束的方式來創作音樂。此即音樂家追求的是內心所思、所感，以及所悟的思維，而不再是視覺或感官從外在事物所感受的。（須文蔚，2004：38）內在的音樂，必須要透過視覺

連接心覺，進而產生想像，不僅是音樂，詩也因表現主義而透露出種種不同的面向。因此，我們可以從新詩的創作裡頭去尋找內心的情緒感受，具象的表徵內心的圖畫，再深度的剖析音樂性在其中的作用，藉以不同面向理解詩的意象與美。

思維是人腦透過分析、歸納、判斷、推理等形式，對客觀事物間接、概括的反映過程。語言是表現思維的工具。思維和語言的關係是一個從意義向音樂、文字轉化的複雜過程。思維必須在語言的基礎上進行。（廖悅琳，2005：11）

人的思維是最無法掌握的，成長背景與生活因素往往影響著不同的思維養成，透過思維的創作，不見得可以與每個人產生通感。文學創作的難度，在於作者要以時間性的文字創造空間性的意象。意象是詩人主觀意念和客觀物象猝然撞擊的產物，但是如何將內心的情感世界重新組合呈現，化為撼動讀者的文字，則是對作者的一大考驗。如果將創作的歷程簡化，創作過程是從「物象」到「心象」再到「意象」的轉化過程。無論哪一個階段都有一個「象」的呈顯。所以當「心象」化為「意象」時，也應該呈現出「物象」的視覺。（廖悅琳，2005：47）創作是物象、新象與意象之間不斷交相對話的產物，因為情緒的流通與體現，呈現的意象往往較想像的更加強大；加上文字媒介的渲染與經營，構築了與詩人心象相通的意象。而圖象詩是最具物象的新詩，特殊的寫作手法與刻意的格式經營，務必追求三象的合理交感，便是圖象詩所帶來強大的渲染力。但倘若只談圖象詩的意象，就好像缺了情感的潤滑，無法透過音樂性研究的添加在意象的本身尋找音樂的美感。

詩的韻律，可以從平仄、韻腳和抑揚，以及字的聲響、音韻的表面節奏來看；也可以從詩人情感的波動來看，而詩人的情感波動呈現在文字意象的轉換上。因為現代詩已經脫離古典詩對偶、押韻

的形式。如果說詩的韻律感只從聲音考慮，便將韻律的定義狹義化。廣義來說，詩的韻律可以涵蓋整首詩的措辭、詩行中意象的安插、詩節的進展，正如電影長短鏡頭的調整、遠景和特寫的輪替，使作品富於韻律節奏感而不呆滯。（黃勁連，1997：66-67）或許新詩的韻律與節奏不像近體詩那般的規格化，但還是可以在詩句的組合排列中去尋找情感的節奏。如同簡政珍所說：現代詩要追求的是內在的情感節奏，因此，所謂的韻律，是文字意象的動態行進與情感的抑揚，不是韻腳的音韻。（簡政珍，1999：63）文字意象的動態行進是情感流通的最佳證據，而情感揚抑的表現也能透過音樂性的研究來作適切的歸納。

　　詩以文字意象表現詩人的意識與心態，是靜態的呈現。但是讀者閱讀時，倚靠著閱讀的進程，文字與文字連結、推展，變成動態的展延。因此，在閱讀的流程中，詩意象的銜接、轉換便造成流動，鋪排成一種音樂性的節奏。這種經由意象的流動所表現的韻律感，是詩人內心意識的感受狀態。情緒的強弱、起伏，或思維的轉換，往往都會經由句法的長短，段落的變化，或意象的穿插來表現。句子短，節奏快；句子長，節奏舒緩，於是句子的參差自成一種韻律。而段與段之間的轉換也有轉折與波動。意象是詩的主要基本元素，每一個意象宛若一個音符，數個意象結合便形成高高低低的旋律。詩人的情感節奏就像在意象的選擇、組合、轉換時呈現。讀者表面上看到的是意象的流動，實質上是詩人情感節奏的外顯，意象與情感一外一內，所以意象的密度會隨著情感的波動而產生疏密有致的變化。（廖悅琳，2005：67）

　　培養觀察新詩的意象，是在欣賞詩、閱讀詩的過程中可以累積且獲得的，因為意象往往蘊含著情感的表現，情緒的轉折、波動、回復、轉旋，結合成音樂性的節奏跟旋律。情感與意象的連結，可

以從中掌握、運用。一調有一調的不同節奏，而這抑揚高下、錯綜變化的不同節奏，又必須和作者所抒寫的思想感情的起伏變化恰相適應，才能取得內容和形式的密切結合，達到藝術的高峰。（龍沐勛，1996：167）而能夠感通詩人心性的音樂性研究，才是體會作者思想情感最佳的審美方式。人的情感表現大致可分成兩類：一為情感的自然表現；一為情感的藝術表現。情感的自然表現，指人們在日常生活中喜怒哀樂等情感的直接發洩與表露。情感的藝術表現，則是人類對自我內心生活的認識和發展。（廖悅琳，2005：71）

　　詩是情感的藝術表現方式之一。詩中展現的情感空間，是詩人主體精神與外在世界相融合的心理空間。在情感空間哩，情感表現是一種生生不息的流動狀態，透過意象的推展呈現出來。表面上看似意象的流動，實質上是詩人情感節奏的形象化。情感的節奏，包括情感性質的轉換、情感強度的轉換及其持續時間的轉換，這些轉換造成了情感的起伏流動感，所以稱為節奏。因此，詩的情感節奏有強弱、張弛、疏密、抑揚等區別。一般說來，情感濃烈持久處，意象密度較高；情感疏淡斷續處，意象密度相對低一些。（吳曉，1995：83）其實旋律的定義早已有了，然而隨著時代的變遷，人們對旋律的含義也隨著產生變化。

　　我們或許可以給「旋律」下一個定義：旋律是由人類所精心創作的，它以一定的結構為載體作為表現的手法，在一定的節拍和速度的基礎上，將不同樂音或噪音與用不同時值（包含強弱、快慢、高低等）組成的節奏結合成為單聲部的集合體，透過這樣的形式來表現各種形象和表達各種情緒。此外，旋律也是音樂中最富表情的聲部和最重要的成分。這樣的節奏與旋律表徵，也可以再細分成三種不同的類型，分別是交響樂、抒情樂以及熱門音樂。

本節將以交響樂出發，結合模象式圖象、造象式圖象、語言遊戲式圖象的分析，對圖象詩作不同面向的解讀：

模象式的圖象
造象式的圖象　　　　　　　　　交響樂
語言遊戲式的圖象

圖 4-1-2　圖象與交響樂關係圖

交響曲是目前音樂會上最常見的曲式，但是「交響曲」一詞從十七世紀以來卻有各種不同的定義。就現代觀點而言，最常用的定義當然是指大型的管絃樂曲了。交響曲的第一樂章通常為奏鳴曲形式，作曲家以此一種曲式表達最具份量及深沉的思想。慢板通常放在第二樂章，偶而也會放在最後一個樂章。（洪萬隆，1996：99-100）交響樂能夠產生恢弘的態度與氣宇不凡的視野，大規模的將情感透過聲音的強弱表達出來，使聽眾產生感動與興懷，並且與心產生情感的對話和交流。在壯大的情緒下，自我將顯得渺小，產生心靈澄淨、海闊天空的感覺。隨著底心優美的樂章，在強大的音樂感染力下，更能體會情感互通的喜悅。

在努力融合古典時期的音樂模式和浪漫時期的內容時，作曲家嘗試要保留貝多芬的偉大格式，同時能將它和文學上的主題相結合，因此產生了標題交響樂。十九世紀的作曲家嘗試將交響樂與詩結合，以致十九世紀興起一股沒有文學標題，但在曲調上卻有著高度的情感，且保留了大自然的崇拜及宗教信仰的風潮，而在音樂中發展詩的理念變成交響詩。（洪萬隆，1996：102-103）洪萬隆所提及的交響詩，是作曲家嘗試將交響樂與詩作結合，而我所提及的類似交響樂的圖象詩，旨在找出圖象詩恢弘的氣度與交響樂的規模交

相輝映，二者有所差別；但同樣都能使讀者去理解交響樂對藝術創
作所產生的巨大影響與指標性。透過音樂性的歸納，可以使圖象的
理解變得更活潑生動。以下分別列舉模象式、造象式、語言遊戲式
等三類圖象詩作進一步的說明：

一、模象式的圖象詩

　　詹冰的〈山路上的螞蟻〉（詳見第三章第一節），我們可以輕易
的了解文字除了透過堆疊，聲音密密麻麻的穿透了每個環節；文字
除了可以構圖，也可以帶給讀者不同的音樂感受。圖象詩的音樂性
是存在於文字中的，只要細心的去思考，就會感受到那股節奏與旋
律的感染力，是文字組構圖象之外的另一種影響作用。作者運用了
大量的形符、聲符，讓文字不只是文字，還帶有語言的功能。這樣
的圖象不能光只用圖形的象徵涵括全部的意念，它還透過音樂性的
感染，加速節奏的撞擊在閱讀者的心中蔓延、迴盪，餘韻猶存。
　　下面這首白萩的〈曙光之升起〉，也是透過重複句式的排列使
圖象除了表意的功能，還增添了反覆詠頌的韻律美：

曙光之升起

曙　光升起

曙　光　升起

曙光　升　起

曙光升　起

（引自丁旭輝，2000：74）

　　曙光冉冉的自地平面升起，緩緩地爬升在寧靜的清晨，陽光溫
暖而和煦，而當陽光高高的升起，詩的韻律也提升到了高峰。意象

的經營，使曙光具象的在紙上爬升，慢慢的發光、發熱，最後成為日正當中最熱力四射的能量。就如同一首交響樂章，情緒跟著音樂的起伏越來越濃烈，無止盡的攀升到最高點。

　　整首詩只用了「曙光升起」四個字來組合整個圖象，從一而終的展現由地平面緩緩上升，文字的情緒也跟著曙光高高升起而達到最高峰。那金黃色的光芒肆無忌憚地在高空照耀著大地，帶來一地的溫暖，萬物承蒙感召，也漸漸甦醒，回應如此熱情的光芒。飽滿的情感正帶給讀者最恢弘的交響樂感受。日正當中，萬物以最有朝氣的樣子在陽光下回應熱情，就像是聽著動人的交響樂，且正被這自然的樂章而震懾、感動。

　　至於交響樂在模象詩的圖象詩中，究竟會有怎樣的特徵與類型？這不妨藉由陳黎的圖象詩來作說明：

消防隊長夢中的埃及風景照

火

火火火

火火火火火

火火火火火火火

火火火火火火火火火

火火火火火火火火火火火

火火火火火火火火火火火火火

火火火火火火火火火火火火火火火

火火火火火火火火火火火火火火火火火

火火火火火火火火火火火火火火火火火火火

火火火火火火火火火火火火火火火火火火火火火

火火火火火火火火火火火火火火火火火火火火火火火

火火火火火火火火火火火火火火火火火火火火火火火火
火火火火火火火火火火火火火火火火火火火火火火火火火
火火火火火火火火火火火火火火火火火火火火火火火火火火
火火火火火火火火火火火火火火火火火火火火火火火火火火火
火火火火火火火火火火火火火火火火火火火火火火火火火火火火火

（陳黎，2005：72-73）

　　從《島嶼邊緣》開始，陳黎便有諸多圖象詩的寫作嘗試，在詩的語言和形式上，作了不少突破。從文字的再啟動，我們可以看出陳黎正在重新經歷文藝復興般的騷動；他熱切的重新學習語言、發現語言。在陳黎的創作中，可以看到後現代主義施展的各種面貌，而陳黎百變的形式實驗與功能創造精神，也使其圖象詩的產量相當的可觀。（陳思嫻，2004：66）陳黎曾經說過，他喜好音樂的程度不下於喜好創作的程度。於是近幾年來，他嘗試著將音樂感受一點一滴的添加在他的詩作中，使文字在刻意的安排下有不同的音樂旋律。

　　在〈消防隊長夢中的埃及風景圖〉一詩中，陳黎透過單一個「火」字建築了一個三角形的金字塔，升階的文字排列，不僅建築了消防隊長心中的金字塔，也建築了交響樂產生的適切場所。聲音從弱漸漸地增強，而火的意象也越來越強烈，交響樂的壯美氣度，顯現在這個具象的三角形裡。火勢開始於小火苗，漸漸地，火越燒越旺，烈火燃燒的聲響也越來越巨大，形成了壯大的意象與心象。消防隊長的任務就是要把像金字塔一樣的著火建築熄滅，但看著這個以火排列而成的建築物，也不免被震撼。這便是交響樂所呈現出來的音樂性感受，是那樣的盛大、豐富。

二、造象式的圖象詩

　　音樂的感受除了從文字本身的聲音發源，也可以從整個圖象詩建築的形狀去獲得。中國文字的獨特性在於其本身可以是繪畫，也可以是聲音的發源，作家一方面建構圖象詩的繪畫性，也加入了聲音的音樂性，相互參作，發揮創意的最大效益。如陳黎這首有名的圖象詩作〈戰爭交響曲〉：

戰爭交響曲

兵兵兵兵兵兵兵兵兵兵兵兵兵兵兵兵兵兵兵兵兵兵兵兵
兵兵兵兵兵兵兵兵兵兵兵兵兵兵兵兵兵兵兵兵兵兵兵兵
兵兵兵兵兵兵兵兵兵兵兵兵兵兵兵兵兵兵兵兵兵兵兵兵
兵兵兵兵兵兵兵兵兵兵兵兵兵兵兵兵兵兵兵兵兵兵兵兵
兵兵兵兵兵兵兵兵兵兵兵兵兵兵兵兵兵兵兵兵兵兵兵兵
兵兵兵兵兵兵兵兵兵兵兵兵兵兵兵兵兵兵兵兵兵兵兵兵
兵兵兵兵兵兵兵兵兵兵兵兵兵兵兵兵兵兵兵兵兵兵兵兵
兵兵兵兵兵兵兵兵兵兵兵兵兵兵兵兵兵兵兵兵兵兵兵兵
兵兵兵兵兵兵兵兵兵兵兵兵兵兵兵兵兵兵兵兵兵兵兵兵
兵兵兵兵兵兵兵兵兵兵兵兵兵兵兵兵兵兵兵兵兵兵兵兵
兵兵兵兵兵兵兵兵兵兵兵兵兵兵兵兵兵兵兵兵兵兵兵兵
兵兵兵兵兵兵兵兵兵兵兵兵兵兵兵兵兵兵兵兵兵兵兵兵
兵兵兵兵兵兵兵兵兵兵兵兵兵兵兵兵兵兵兵兵兵兵兵兵
兵兵兵兵兵兵兵兵兵兵兵兵兵兵兵兵兵兵兵兵兵兵兵兵
兵兵兵兵兵兵兵兵兵兵兵兵兵兵兵兵兵兵兵兵兵兵兵兵
兵兵兵兵兵兵兵兵兵兵兵兵兵兵兵兵兵兵兵兵兵兵兵兵

兵兵兵兵兵兵兵兵兵兵兵兵兵兵兵兵兵兵兵兵
兵兵兵兵兵兵兵兵兵兵兵兵兵兵兵兵兵兵兵兵
兵兵兵兵兵兵兵兵兵兵兵兵兵兵兵兵兵兵兵兵
兵兵兵兵兵兵兵兵兵兵兵兵兵兵兵兵兵兵兵兵
兵兵兵兵兵兵兵兵兵兵兵兵兵兵兵兵兵兵兵兵
兵兵兵兵兵兵兵兵兵兵兵兵兵兵兵兵兵兵兵兵
兵兵兵兵兵兵兵兵兵兵兵兵兵兵兵兵兵兵兵兵
兵兵兵兵兵兵兵兵兵兵兵兵兵兵兵兵兵兵兵兵
　兵兵兵兵兵兵兵兵兵兵兵兵兵兵兵兵　兵兵兵　　兵
兵兵　　兵兵兵兵　　兵　　兵　　　兵兵　　　　　兵兵　兵兵
兵兵　　　　兵兵　　兵　　兵　　　兵兵兵　　　兵　兵
兵兵　兵　　兵兵　　兵　　兵　　兵　　　兵　　兵　　　兵
兵　　　　　　兵兵　　　　　　兵　　　兵　兵
兵　　　兵　　　　兵　　　　　兵　　　　兵
兵　　　　　　　　　　　　　　　　　　　　兵

丘丘丘丘丘丘丘丘丘丘丘丘丘丘丘丘丘丘丘丘丘
丘丘丘丘丘丘丘丘丘丘丘丘丘丘丘丘丘丘丘丘
丘丘丘丘丘丘丘丘丘丘丘丘丘丘丘丘丘丘丘丘
丘丘丘丘丘丘丘丘丘丘丘丘丘丘丘丘丘丘丘丘
丘丘丘丘丘丘丘丘丘丘丘丘丘丘丘丘丘丘丘丘
丘丘丘丘丘丘丘丘丘丘丘丘丘丘丘丘丘丘丘丘
丘丘丘丘丘丘丘丘丘丘丘丘丘丘丘丘丘丘丘丘
丘丘丘丘丘丘丘丘丘丘丘丘丘丘丘丘丘丘丘丘
丘丘丘丘丘丘丘丘丘丘丘丘丘丘丘丘丘丘丘丘

丘丘丘丘丘丘丘丘丘丘丘丘丘丘丘丘丘丘丘丘
丘丘丘丘丘丘丘丘丘丘丘丘丘丘丘丘丘丘丘丘
丘丘丘丘丘丘丘丘丘丘丘丘丘丘丘丘丘丘丘
丘丘丘丘丘丘丘丘丘丘丘丘丘丘丘丘丘丘丘
丘丘丘丘丘丘丘丘丘丘丘丘丘丘丘丘丘丘丘
丘丘丘丘丘丘丘丘丘丘丘丘丘丘丘丘丘丘丘
丘丘丘丘丘丘丘丘丘丘丘丘丘丘丘丘丘丘丘丘

（陳黎，1995：112～114）

陳黎的〈戰爭交響曲〉則如它的詩名一樣，讓讀者感受到悲壯的崇高感，文字與樂符交織的感染力不言而喻；圖象詩所表現出來的節奏與旋律，透過分類與詮釋，更具象的呈現並刻畫音樂表現在圖象空間的影響。

這是一首怵目驚心的詩作，作者雖然只用了四個字元「兵」、「乒」、「乓」、「丘」，重複排列堆疊的意象呈現出了一開始打仗的時候士兵的士氣威武而雄壯，整齊的排列，就像是沒有自己意識的符號，唯一的目標就是打敗共同的敵人，不停地前進，鼓動著小兵的驍勇善戰。在詩的中段，「乒」、「乓」這兩個字加了進來，其所引起的文字感受，多加了外力的影響，士兵在戰爭的過程好像少了肩膀、斷了腿骨、丟了兵器、失了性命……等，文字的排列也從整齊劃一的隊形漸漸地產生了變化，士氣也跟著隊形的散離而開始渙散，慢慢的缺手缺腳的士兵數量越來越多了，生存的也越來越少了，最後剩下的傷殘擄兵，已經不足以整構出當初那出征時的隊形，也沒有辦法回到那種士氣高張的最初。最令人嘆息的，是戰爭過後的場景，剩下的是一塚塚的墳墓，再悲壯的歌曲，也不足以歌詠戰爭過後的悲哀。「丘」象徵著墳墓，墳墓的排列仍舊回到了整

齊的錯置，同時也對應了先前出發的時候的場景，回歸肅敬後在戰爭底下犧牲的士兵一個個成了無言的小山丘，或對坐、或相擁，彼此在另一個不同的時空中互相取暖，感嘆著戰爭的無情，如泣如訴的悲嘆著戰爭的殘忍與無奈。

　　「兵」、「乒」、「乓」這些文字的聲調是上揚的，一開始是整齊的節奏描繪出雄偉的軍紀，然後交戰，兵器的聲音、打鬥的聲音，不斷地交織在隊伍中，並且聲音流在圖象詩內產生了滲透的變化；慢慢地，打鬥的聲音越來越彰顯，士兵的氣勢也越來越萎縮；漸漸地，打鬥的聲音消散，伴隨著的是士兵的傷殘、死亡，止息與絕望的氛圍，終止在一小堆一小堆的小山丘。「丘」的聲音表情，表達了殘忍交戰過後無奈的平靜。這樣的平靜是用一個一個士兵的性命換來的，或許還有諸多委屈，許多抱怨，就留著在夢裡說吧！這個讓人長眠的溫床，是戰爭下的產物，即使心有不甘，也只能感嘆時局的作弄。戰爭的最後，瀰漫著死亡的氣味，令人發顫！

　　交響樂的壯麗與氣度，也在這首詩作中清楚的看見。開始的士兵整齊的進場，氣宇軒昂的為勝利而出征，激勵人心的進行曲不斷地催促著士兵行進的腳步；而當驚心動魄的短兵相接，交響樂的強度與變奏也在圖象呈現著，刀光劍影伴隨著鏗鏘的節奏，訴說著戰爭的無情迫使殘殺的發生；最後，原本是象徵凱旋歸來的曲調，似乎因為戰爭的死傷而緩和成離別的驪歌，生命的強度與脆弱，竟然在這首詩裡輕易的被窺見。

三、語言遊戲式的圖象詩

　　語言遊戲式的後設語言，其中又會透露出怎樣的交響樂感？在分析歸類的過程中，除了解構了圖象詩的圖象性，也同時解構了他的音樂表徵。以下透過周慶華的〈看二二八自傳〉進一步的說明：

看二二八自傳

一九四七

一九四七

一九四七

一九四七

一九四七

一九四七

一九四七

一九四七

一九四七

一九四七

一九四七

一九四七

一九四七

一九四七

一九四七

一九四七

一九四七

一九四七

一九四七

一九四七

一九四七

一九四七

一九四七

一九四七

一九四七

一九四七

一九四七

一九四七

一九四七

一九四七

一九四七

一九四七

一九四七

一九四七

一九四七

一九四七

一九四七

一九四七

一九四七

一九四七

一九四七

一九四七

一九四七

一九四七

一九四七

一九四七

一九四七

一九四七

一九四七

一九四七

一九四七

一九四七

一九四七

一九四七

一九四七

一九四七

一九四七

（周慶華，2009b：76-83）

在臺灣的東部外海，有一座臥虎藏龍的小島，在 1947 年後，陸續收押了許多知識分子。在這座小島上，四面環海，有的人忍辱偷生；有的人抵死不從；有的人過度操勞；有的人喪失心志。這些被禁見的奮鬥者，最終只是二二八紀念公園石碑上的一個名字。最後，連記載名字是什麼也被淡忘了。歷史的戰士們，你們的名字最後只是一個年份「一九四七」，被記得的只有事件發生的時間，細節被阻絕在檔案室裡。而對歷史的反思，一下子又隨著海風飄散。

二二八的歷史與其所背負的罪，總在選舉的時候被提出來討論，等到選舉完後？對與歷史的戒慎恐懼是否也與政治人物一起去避風頭了？歷史的臭味被揚揚煮沸，卻又被放冷丟棄。

每一個 1947，都代表著不同的涵意，不同的人、不同的情緒、不同的傷害，看似平穩的排列，卻有著起伏的樂章，文字的前後排列，也等同於時間軸的前後順序，第一個「一九四七」、第十個「一九四七」、第二十個「一九四七」……、最後一個「一九四七」個代表著不同的力度與強度。一開始的情緒與氣憤是最高昂的，漸漸地、漸漸地，時間的推移與力不從心，悲壯的樂章被捲進了時間的洪流當中，緩緩地，無言的結束。就如同再多的歷史情緒，終會像這排數字一樣，就只是數字與代碼，歷史的反省與沉重，也緩緩地變成時空裡的呢喃，而瀰漫在空氣中的，是歷史重複翻炒的迂腐。

我大抵將這些作品歸類為類交響樂的作品。透過想像與心領神會，我們可以發現：不管是用單一個或多個不同的字的排列來組合成一個形象或是利用大量的重複句式來成就同一個概念，都被我整理歸納成類交響樂作品。原因在於：透過單個的字來排列圖形的圖象詩，反覆的讀誦，會加強這個字的意象與情緒，從單薄到聚集的情感，也跟著文字不斷的被堆疊著；而多個不同的字以及不斷重複的句式，就像是不同的發聲樂器，交織成一首分部的壯烈交響樂，一樣協奏著恢弘的視覺饗宴。

第二節　類似抒情樂

　　各種聲調語言的性質並不相同。很多聲調語言的聲調只限於高、中、低的差別，沒有升降曲折，有時聲調的高低要在它鄰近的音節表現出來。世界上聲調語言雖然很多，但是像漢語這樣每個音節都有固定聲調，不但有高低之分，還有升降曲折之別，卻是不多的，可以說這是我們特有的豐富的語言材料。（王士元、彭剛，2005：137-138）人類的語言博大精深，不僅可以表意、表情，在情感傳遞與交流的使用，也佔重要的地位。而文字伴隨著語言，成為記錄的媒介，不僅記錄過程，也同時記錄著情感的表達。而聲調的高低起伏，也是我們表情展意時最佔優勢的地方。漢字單音獨體的特色，發展出不同的聲調。

　　楊蔭瀏提出語言與音樂之間的關係：（一）語言字調的高低升調影響著音樂旋律的高低升降；（二）語言所用的音影響著音樂上的音階形式；（三）語言的風格影響著音樂的風格。（楊蔭瀏，1988：88）透過這樣的關係，我們可以用來省視圖象詩裡頭的抒情樂感受。

　　音樂創作是如此，詩的表現手法也如此。許多潛伏的音樂性，在作者一開始創作時，就暗藏著了，直到讀者用心品嘗、細細尋找裡頭的韻味，才能夠感受到其包含的音樂感受。形成西洋詩歌格律的基礎因素是強音節和弱音節。它們最常見的詩格，是揚抑格（troche ic verse）和抑揚格（iamb ic verse）兩種。揚抑格的詩句是強音節起，成為：「強弱強弱強弱強」的形式；抑揚格是弱音起，形成「弱強弱強弱強」的形式。配起音調來，揚抑格一定是配強拍起的音調，抑揚格一定是配弱拍起的音調。（楊蔭瀏，1988：65）楊蔭瀏所提到的詩歌格律，不見得完全適用於所有圖象詩的音樂性

分析，但是我們可以透過這樣的規則，在解讀圖象詩的時候，用不同的解詩方式，試著找到不同的音樂關係，去描述詩作的情感曲線。

　　在本節中，我把抒情樂當作研究的核心，探討三種不同圖象的圖象詩其中所指涉的抒情樂感受：

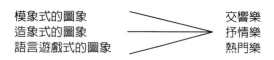

模象式的圖象　　　　　　　　　　　交響樂
造象式的圖象　　　　　　　　　　　抒情樂
語言遊戲式的圖象　　　　　　　　　熱門樂

圖 4-2-1　圖象與抒情樂關係圖

　　抒情樂給人的音樂感受是圓滿的、完整的，透過文字為載體，將和諧的音樂體悟與心情表露無遺。詩的創作本身就是一種抒情樂，抒懷表情，決定節奏的不僅是聽覺效果，也包括視覺效果。自從人類發明了字母，詩便不僅是空氣傳播的音樂節奏，也是視覺形式，是線條在二度空間上的安排，十七世紀英國形而上詩人尤其是喬治赫伯特（George Herbert）喜歡把詩行排成祭壇、鳥翼或十字架，正是這個道理。也許有人說，既然如此，白萩何不乾脆畫一株杉樹好了，視覺效果更直接？問題是，這麼一來我們便讀不出聲音來了，文字的意義便喪失了。我們大致可以獲得一個結論：詩的幾何形象安排是可行的，但它必須配合聲音、節奏、字義。我們欣賞具象作品時，大致可以據為價值判斷的標準。（張漢良，1977：105-106）其實，圖象詩並非只表徵圖象，它還牽涉到文字解讀的聲音、節奏和字義。圖象性是圖象詩的表現手法，而音樂性也是，我們應該要合理地找出二者之間的平衡並且有效的推廣。

一、模象式的圖象詩

　　羅門的〈咖啡廳〉（詳見第三章第一節）運用文字的排列整整齊齊地組合出一間咖啡廳的擺設，除了靜物的放置之外，動態的人、發生的事，隱隱地、徐徐地運轉發生。桌椅的擺放原本應該是生硬的，但情感的添加使整首詩展現出了每種排列恰如其分的和諧美感，這也正是抒情樂帶給我們的優美感受與啟發。

　　另外，詹冰的〈水牛圖〉利用文字描繪了一隻水牛，從它的頭、身體、四肢到尾巴，每個部分都栩栩如生的精心安置著，一隻水牛無論是外型的雕塑到內心的描繪，自成一個循環。

```
                              角      角          黑
      只永時水傾以眼水一角不水夏等同擺
等    遠間牛聽複球牛直質懂牛天波心動              水
待    不與忘歌胃看以吹的阿浸的長圓黑              牛
等    來自卻聲反上沉過小幾在太的的字              圖
待    的己炎蟬夔天在思括米陽橫波型
再    東而熱聲寂空淚想號得中樹波紋的
等    西默與以寞白中之原但葉上就臉
待    默   及   雲的風間理   在   繼
！    等   無          跳   續
待    聲             扭   地
也    之             扭   擴
                      舞   開
```

（詹冰，1993：60-61）

　　水牛黑色的臉因為陽光的長期照射而變得粗糙黝黑，頭上搭配著兩隻牛角，牛頭的形象透過簡單三個字的排列便具體的呈現了。中間身體的部分，主宰著整隻水牛的思考情感，水牛的四肢接連著大地，也象徵著水牛與土地的關係。尾聲的「！」除了代表整首詩的結尾，也可以為這頭水牛搖擺著的尾巴。整頭牛從頭到腳仔仔細細的被描繪著。

　　〈水牛圖〉雖然寫的是水牛，但也寫出了臺灣早期農村生活，以及農夫性格，甚至也代表了中國傳統的一種出世的人生態度。「欲做牛，免驚無犁通拖！」臺灣閩南語裡頭流傳著這樣的一句俗諺。早期的臺灣以務農為主，刻苦耐勞的形象，使得許多人自比為「臺灣牛」。只要肯付出，苦幹實幹總會有碩果豐收的一天。而圖象詩的類似抒情樂情感，也在這層肯打拚、肯付出的信念加持下，流動著最溫暖的情感。整首詩有頭有尾，緩緩抒情，宛若怡然自處於天地的水牛，未來或許看不見，但至少努力的工作，去等待美好的未來，堅定而祥和的音樂美感，也因這平穩的文字排列而呈現著。

　　提到林亨泰的圖象詩作，就不得不提及他的〈風景 NO.1〉以及〈風景 NO.2〉（詳見本章第三節）這兩首詩。在圖象詩萌芽之初，林亨泰的風景詩被熱烈地討論著，形成創新與作繭自縛兩種不同的討論角度。但不可否認的，林亨泰已經注意到文字本身的建築特性，透過這樣的建築特性，排列出兩種不同的風景。我們可以說，〈風景 NO.1〉是詩人嘗試「靜物寫生」的結果；而〈風景 NO.2〉則是「動態速寫」，兩種不同的概念，使得兩首風景詩呈現不同的風味。

　　以下先從〈風景 NO.1〉談起：

風景 NO.1

```
陽陽
光光      旁 農 旁 農 旁 農
陽陽      邊 作 邊 作 邊 作
光光         物    物    物
晒晒         還    還    還
長長      有 的 有 的 有 的
了了
耳耳
朵朵
```

（趙天儀等，2001：119）

　　陽光直直的照射在田中央，給予水稻最直接的光合養分，而稻田裡直挺挺站立著的水稻，除了吸允土地給的菁華，也大方接受了來自上天的恩惠與暖洋洋的金黃色洗禮，就像是一幅情感完整、飽滿的水稻圖，在陽光閃閃照射下奮力的生長著。

　　流竄在整首風景詩當中的情感是祥和而且舒緩的，也許是因為太陽與大地寬宏的包圍，使著流動在圖象詩中的情感像是飽含土地養分的水稻，是這般的綠意盎然。

　　詩本是以文字作媒介，甚至是以文字為對象的藝術形式；而文字包括聲音的語言以及視覺符號的書寫文字，正如托瑪斯所說的「形相的聲音」與「聲音的形相」。詩以及其他文體的文學形式和作為時間藝術的音樂與空間藝術的繪畫、雕塑不同處，便是它兼及二者所長，是二者的媒人，是時間與空間的綜合藝術。既然如此，把詩行作圖形排列，造成視覺的美感活動，原是無可厚非的。此外，

詩的節奏非僅靠音韻所造成的音樂性所決定，也包括詩行與詩段的幾何安排。（張漢良，1977：105）

　　我將形式優美和諧，循環完整的圖象詩歸納為類似抒情樂的音樂性，旨在和交響樂那種磅礴生動的大場面作對照，以一種小品的曲調，緩緩表徵祥和與舒適的溫柔情感。人貴為有情，而發於自然萬象之情尤其是完整人的情緒思想最好的媒介，也是人投射豐富情感時最唾手可得的自然憑藉。

二、造象式的圖象詩

　　從既有的形式，再去創新，凸顯出對未來的期待感，這便是造象式的圖象詩所蘊含的內在表徵。對未來與未知的期待，又會呈現出怎樣的抒情面貌？

　　白萩在圖象詩的創作上也有膾炙人口的創作，〈流浪者〉一詩中以絲杉作為流浪者的暗喻，用空間的展演，對比出「群」與「獨」，也象徵著流浪者不屬於整片絲杉林的氣質，扣緊「流浪」的特質，將漂泊無根的情感呈現在圖象詩中：

```
站他他　　望
著己的　　著
。忘影　　遠
　卻子　　望方
地了，　　著的　　流
站他細　　雲雲　　浪
著的小　　的的　　者
向。名。　一　　———
```

```
孤東站字他    株    株株株
單方著。的    絲    絲絲絲絲
的。。忘影上線平地在杉上線平地在　杉杉杉杉
一        站站卻子
株        著著衹了，
絲         站他細
杉         著的小
         。名
         孤字
         獨。
          衹
```

（張默、蕭蕭編，1995：502-503）

　　孤單的一株絲杉，孤獨地在地平線上站立著，在一望無際的平原裡，這株絲杉是突兀的、孤獨的、沒有任何陪伴的，望向東方，期待每天早上升起的太陽，可以為它帶來一些光明與溫暖。孤獨是相對的語詞，沒有合群的對比，又怎麼會有孤獨的想望？但就孤獨者的本身，情感是自成一格的。因為孤獨，所以不與外界相交流，自身的養分與情感，由自身散發並又自體吸收運用，也可視成單一的自體循環。

　　流動在整首詩的抒情感，緩緩吟唱著一首名叫孤獨的歌，透過風的傳揚，使流浪者在踽踽獨行的腳步聲裡，獲得和緩的慰藉。它不像交響樂有大場面的感染力，也不像熱門樂的百變吸引人，它只是輕柔柔的，好似訴說著名為孤獨的故事。

　　再列舉王裕之的〈杉的過程〉為例：

<pre>
　當
不　絲
是　杉
死　倒
亡　下
　・　・
　當當
不　絲絲　　杉
是　杉杉　　的
死　倒倒　　過
亡　下下　　程
　・・・
　當當當
不　絲絲絲
是　杉杉杉
死　倒倒倒
亡　下下下
　・・・・
　當當當當
不　絲絲絲絲
是　杉杉杉杉
死　倒倒倒倒
亡　下下下下
　・・・・・
・亡死是不・下倒杉絲當
</pre>

（王裕之，1965：22）

　　王裕之的〈杉的過程〉，仿照了白萩的〈流浪者〉一詩，在當時被張漢良批評為抄襲體例、毫無文學美感的作品。我從不同的角度來詮釋，透過音樂性的闡述，會使整首詩有不同的審美意義。

　　當絲杉倒下前，它原是直直挺立的，這與白萩的一株孤獨的絲杉呈現了完全不同的面向。這是一大片的絲杉林，即使絲杉倒下了，還有其他株絲杉仍然昂然挺立著。詩句的最末處「而不是死亡」，又將詩的情感扣回了原點。即使絲杉倒下，卻也能化作養分，再次的由其他株絲杉的根部吸收，生生不息的循環。整首詩在情感上的掌握度是完整的，情緒的弧度也表徵地趨近完美。

三、語言遊戲式的圖象詩

　　語言遊戲透過不斷的解構再解構，產出不同的音樂美感，呈現在每次與詩對話的瞬間。而周慶華的〈樹癡〉（詳見第三章第三節）便可視作自成循環的抒情樂作品，沒有恢弘的氣度，卻有最溫柔的感受，使心裡舒坦平靜，內斂卻又不失大方。這首詩特別的地方是，你可以從詩作中任一行開始往左或往右朗讀，不管從哪裡開始朗讀起，最後一樣會回到原點，一樣環繞著這棵樹，一樣完整了這棵樹的形象。而每從不同的起點出發看待這棵樹，就又有新的解構觀點出現，這也是語言遊戲最令人樂在其中的新鮮感所在。表現出的情感是完整、有故事性的。

　　又如詹冰的〈三角形〉：

三角形

角

你邊再

你看角有富
數看色邊彈於充
哲學埃散角韌積滿角
宇學美及七邊性極朝角但
神宙的學的彩循變性氣相邊三
喔聖精完的金的環化發和呼邊邊那
三妳象神美精字稜不無展活相相三只角
形角的徵的像華塔鏡息窮性力應關角是形三

（詹冰，1966，16：15）

　　詹冰的〈三角形〉和陳黎的〈消防隊長夢中的埃及風景照〉一
樣將文字排列成一個三角的形狀，但二者不同的地方在於陳黎使用
了同樣的「火」字來排列組合成一個完整的建築物，而詹冰卻用了
許多文字跟意涵解構了三角形。整首詩須從右下角開始讀起，在大
三角型裡還可以細分成許多個小三角形，連詩中的「妳」也因女性
身體「迷人的三角形」而象徵著完美。

　　循環且流通的情感，在整個三角形當中蔓延開來，以一種富含
情緒的流通，和緩的將整首詩的串連得有跡可循，情感也完備呈現
在「三點一面」的圖象中。這樣一氣呵成的情感循環，表現出豐富
情感的抒情樂樣貌，不間斷的情緒，隨著不斷延伸擴大的三角形綿
延、完整。

　　再舉杜十三的〈十字架的禱文〉為例：

十字架的禱文

一片黑暗中

從虛無開始

想像一顆心

變成十字架

掛在妳胸口
垂直跳動時可以感知日蝕星光與地殼的位移
水平收縮時可以探觸愛情生死與海洋的秘密
在每一次充滿信仰的呼吸之後種子立刻開花
在每一回深刻了悟的嘆息聲中花朵結成果實
因為妳虔誠的禱告灰燼輪迴成光懸崖躺成路
因為妳真心的懺悔鸚鵡開口司祭禽獸齊誦經
黑暗的世界逐漸明亮人類看清楚宇宙即是心
心即是一切源頭是火焰月光是露水是鎖是梯
是夢　希望
刺　匕首
是一切財富
是一切苦難
垂直跳動時
可以感知到
很高的天堂
很深的地獄
水平收縮時
可以接觸到
很遠的星球
很快的意念
一片黑暗中
從我執開始
想像一顆心
變成十條蛇
纏在妳胸

（蕭蕭編，2006：901）

　　具象的十字架，橫豎霸氣的擺放在中間，就如同亟欲被救贖的信徒，追逐著那被釘在十字架上的機會。而和緩的情感，卻變成了在妳胸口的十字架，用溫柔的訴求去替代暴力的救贖，既光榮了上帝，也接近了底心最直接的期待。

　　整首詩建構出了一大個十字架外型的圖象，而仔細觀察，會發現在大十字架裡頭，情緒的感觸與循環，連結了整個巨型的十字架，使十字架的原罪因為串流的文字與情感便得輕鬆許多，彷彿直接跳脫了苦難，迎向天聽的召喚。而詩的情感從一而終的貫徹，優美而祥和，使戰爭與殺戮止步於這個十字架所建築的伊甸園之外，使人產生平靜愉悅的感受，這也是這首詩比擬成抒情樂最大的因素。

　　我將舒緩、寧靜、安詳的情感全部收歸成類似抒情樂的音樂性，目的是希望藉由這樣的歸納，使得不刻意張揚的內蘊音樂感受得以舒展。

第三節　基進處有如熱門樂

　　現代音樂歷經一段相當長的過渡階段，在這段時間裡，音樂風格的多變，也不禁令人懷疑，整個二十世紀是否會有定型及代表性的音樂風格出現。因此，如果認為新音樂仍處在摸索階段，也無不可。綜觀整個繁複的近代音樂仍有脈絡可循，加以歸納和分析，我們不難看出其特點：（一）藉不協和音響，甚或噪音及創新的演奏技巧所導致創新的音響效果，使音樂的張力產生突變。（二）反浪漫主義：輝煌、厚重、龐大、想像、自由的浪漫主義音樂特徵，也成為「革命」的對象，印象派、新古典主義和表現主義激起了反浪漫主義的旗幟。（三）調性的突破，華格納的歌劇《崔斯提與伊索

德》一般認為是新音樂在和聲及調性方面革命的先驅,因為它具有不斷轉調的特性,並將大小調的調性減弱到最低的程度。(四)和聲:和聲和調性的關係最密切,浪漫時期的和聲技巧,比之旋律更見重要。近代音樂由於調性的多樣化,和聲也自然變化無窮。(五)節奏:近代音樂在節奏運用方面無論在傳統或新的作品都很成功。其節奏主要有三大類:其一是用經常轉變拍子的方式或在弱拍地方強奏,使作品更具生氣;其二是運用某民俗音樂的獨特節奏,爵士樂的節奏便是其中例子;其三就是由演奏家即興奏出的自由節奏,這類以前衛音樂較多見。(六)曲式:近代音樂在曲式方面的分歧相當大,很多作品在旋律、和聲及節奏方面都有十分創新的觀念,但在曲式上卻刻意地保守,當然也有一部分作曲家放棄傳統的曲式,其中有把獨創的曲式巧妙設計成可以讓演奏者去自由結合,這種例子在前衛音樂中極為普遍。(洪萬隆,1996:138-140)

　　與古典音樂對比的現代音樂,也代表音樂的表現手法一點一滴被創新觀念滲透。有變化的曲式,就像是有情緒的圖畫,生動且有表情的表達情感,也使音樂表現更加多元。

　　臺灣新詩作品在音樂性上的實踐,主要體現在詩的結構、句型和語氣。就個別詩人來看,大部分是因為注重規律的形式,進而實踐了音樂性。就縱向的歷史脈絡來看,大致是平仄不分、四聲通押。其趨勢為從整齊到參差,從文言到口語;從短句到長句,再到長短錯落,間用斷句的句型;從雅正的官方語言,到俚俗的非官方語言,再到二者雜次使用;從單純的擬聲到講究節奏;從間隔較長的重複到綿密的反彈;從以詩入樂到描寫音樂的演奏,到以樂理入詩。(鄭慧如,2005:32)透過句式的排列組合,從新穎的類似熱門樂的音樂性表現手法,配合三種不同的圖象性來發掘圖象詩的熱門樂性。

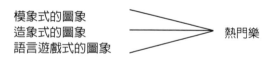

圖 4-3-1　圖象與熱門樂關係圖

一、模象式的圖象詩

首先，我們以梅新的〈春風〉來探討模象式圖象與熱門樂的結合：

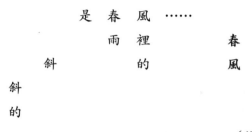

（梅新，1992：35-37）

　　雨原本該是直直地打落在地表，但這沐浴在春風當中的雨，卻歪斜了，原因在於風吹襲在雨上，將雨變得傾斜，彷彿在空氣中跳動了起來。雨水在大自然提供的舞臺上輕快、無負擔的舞著。新穎的音樂性，就在文字跳動之間產生了，也使讀者感受到輕鬆愉悅的氣氛。

　　模象式的作品通常較為直觀，感情也不會拐彎抹角，讀者可以很輕易地察覺它所表徵的熱門樂美感。

　　同樣的，詹冰的〈風景 No.2〉，透過文字，使得窗外的景象鮮明的跳躍了起來：

風景 No.2

防風林　　的

外邊　　還有

防風林　　的

外邊　　還有

防風林　　的

外邊　　還有

然而海　　以及波的羅列

然而海　　以及波的羅列

（楊牧等編，1989：328-329）

　　這首詩利用重複的句式描繪出了一望無際的海洋，表達了海邊的寬廣。詩人視線所及的地方不是防風林就是海，充分表現出防風林和海的緊密關聯性。重複的字句就像海浪一樣波打著，利用字句去表現大自然現象，耳邊像是聽到有規律的節奏，眼睛看到是一層層的景觀。這一種回文的效果，充分體現詩的美。林亨泰提到：

　　我喜愛音樂，但是我所講的是「詩的音樂性」，和音樂不同。所謂詩的音樂性，不一定是像古詩一樣押韻，現代生活步調很快，「速度感」也是一種音樂性。例如〈風景 NO.2〉這首詩，是我從溪湖坐車到二林，沿途看到一排排的防風林，過了二林以後，就是海，可以看到一波波的海浪，我把坐在疾駛的車上所看到的情景寫下來。很多人寫詩時，本身是靜止不動的，站在一個定點來觀看，描寫不斷變動的事物。我寫這首詩的視點不同，我本身是在動的，我一動，景物也隨之變動，這種「速度感」就是一種音樂性。另外，詩的間隔，

換行，停頓的地方也能夠表現音樂性，所以，詩一定要朗讀，例如：「防風林（停一拍）的（停二拍）外邊（停一拍）還有（停兩拍）防風林（停一拍）的（停二拍）外邊（停一拍）還有（停二拍）防風林（停一拍）的（停二拍）外邊（停一拍）還有（停四拍）然而海（停一拍）以及波的羅列（停二拍）然而海（停一拍）以及波的羅列」這樣吟誦，才會有時間的關係，唸到第二句才產生第一句；因第三句才有第二句……時間的逐漸移動，這就是音樂性，也就是生活的速度，生活的韻律。所以，我的詩必須讀出來才有立體感，才有韻味，只用眼睛看的話，只是呈現平面而已。（莊紫蓉整理，1997）

透過林亨泰的自述，可以得知他不但創作圖象詩，也懂得在朗讀詩的時候注意到音樂性的呈現；路上的風景，因為車子的移動而跟著向後退，行駛中的車子速度有快也有慢，所以詩的立體感也孕育而生了。透過起伏的句式，透露出輕快的節奏與旋律，彷彿我們正坐在車子上，望向窗外，跟著詩人的情緒波動起伏著，搭配著輕快的音樂，欣賞沿路的美景。

我們可以發現，「樹」的形象在圖象詩中很常被運用、探討，但是不同的排列方式，會有不同的情感呈現、〈樹癌〉的樹、〈流浪者〉與〈杉的過程〉的絲杉，〈風景 No.2〉的防風林，也都呈現出不同的圖象性以及不同的音樂性。文字的可塑性與無限的可能性，呈現著詩人的豐富情感與創意。

此外，杜十三的〈橋〉也表徵著隱隱流動的音樂美感：

橋

```
他變架    河 從
把成在    水    腳
一一兩    不      底
句座岸    相      下
話橋之    信        走
吐 間              過
在
地
```

（杜十三，2000：15）

　　言語是人和人之間所憑藉溝通的橋樑，在無形之中，連接了不同的思考、不同的情緒與異質的形象，不管你信或不信，了解或不了解，在大環境的洪流的襲擊之下，我們很難不跟著被帶走。杜十三把抽象的相信，比擬成河水，戲謔的和語言展開辯論賽，但在解構語言的過程中，自己也被解構了，甚至成為解構過程中的主角；而跳動的文字，也飽含著音樂性的想像，忽快忽慢的流動，裝載著不同思考與想法的起伏。

二、造象式的圖象詩

　　圖象詩的寫作，作者常透過文字的排列，讓節奏隱於文字組合之中，配合文字的分行書寫模式與跨行技巧的靈活使用，再加上留白的技巧的運用等，除了表徵了圖象詩的圖象部分之外，也凸顯了圖象詩的節奏感。透過這樣的節奏分析，讀詩或是研究詩作時，可以更具象的表顯出詩帶給人的美感。這樣的旋律是文字本身所賦予

的，並非外力強加而致。如管管的〈車站〉，這首圖象詩的文字排列不僅僅是文字部分，也呈現出了某種獨特的節奏：

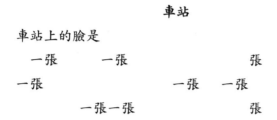

車站

車站上的臉是

　一張　　　一張　　　　　　張

一張　　　　　　　一張　　一張

　　一張一張　　　　　　　張

　　　　　　　　一張

一　　　　張

的舊報紙

雖說每個版面都有不同的新聞

卻都是一條一條落滿蒼蠅的臭魚了

只有跑過來的那張小孩的臉是張

　號

　外！！！

（管管，1986：275～276）

　　城市的冷漠，深刻的刻畫在每個路過的人的臉上，就像是舊報紙，即使想去忽略它的內容，還是無法忽視到其中那一串串好似烙印在上頭的蒼蠅文字。這裡一條一條掛著的臭魚用來指稱的就是一則一則的舊新聞；而發臭的東西伴隨著的，就是擾人的蒼蠅。蒼蠅似乎伴隨著臭魚，環繞著的同時也書寫著這些臭魚的種種過往；而每個路人的臉是舊報紙，具象顯示了疏離、冷漠、毫無新意的人生旅途。在每個人來人往的街頭交會時，保護自己的過往，對於其他

人總是隔著隱形的一道牆，對別人無法真的敞開心房去交流，但臉
上掛著的表情，就像是一條條的舊新聞，不時的湧出於自己的臉孔
表象。既然是舊新聞了，就算是有心人想趨前互相交談、彼此寒暄，
卻又會因為是舊新聞了，似乎沒有再繼續談論的必要，於是每個人
臉上累積了自己的舊新聞，在人來潮去的交通轉輪站擦肩而過。詩
作到此，似乎鋪陳了一個平淡無奇的開端，緊接著的是打破這樣子
平靜的出現：小孩的臉，對照著舊報紙，年輕有活力的象徵，衝破
了平板的規律節奏，就好像是一則即時新聞般插播進來，擾亂了這
個城市看似呆板無奇的城市樣貌。既有衝突性，又有突破感的加了
進來，也讓這樣的景象多了一種親切感與希望的象徵。

　　一張，一張，一張，這樣的文字書寫交織而成的節奏是平穩而
有規律的。漸漸地、慢慢地，就好像是一個古老的大鐘一樣，照著
自己的頻率緩緩的拍打著，一聲一聲敲著沉重且緩慢的聲調。一
張，一張，一張張，文字的排列組合慢慢有了變化，節奏好像開始
變得緩慢，似乎在預告著什麼，也顯示出了車站裡每個陌生人的臉
孔，像極了一張張的舊報紙，沒有新意，就像是固守自己崗位的鐘
擺，照著被支配的節奏擺動著，做著自己的事情，互不交涉，互不
侵犯，互不干擾，建構城市的疏離冷漠。這樣的節奏倏地有了轉變，
衝出來的小孩，就像是個無意間發生的聲響，打破了這樣看似平淡
無奇的和平，也顯得這個小孩的安排是多麼的不同，就如同報紙當
中的「號外」。

　　圖象詩的節奏呈現，由文字的排列可以看出端倪。這樣旋律的
變化，讓讀者在讀這首詩作的時候，除了文字的感染力之外，配合
著音樂的潛質特性，更具象顯現了描繪出來的氛圍，是如此的平板
無奇。二者互相搭配，建構了一個完形的空間，讓圖象詩的發展不

僅僅限制在文字遊戲的嘗試，也滲透了音樂的感染力與節奏的新意，解讀詩的面貌又多了一個不同的思考方向。

管管的這首詩作，便是典型的熱門音樂的代表，旋律的跳動帶給讀者輕鬆感，沒有負擔的彷彿聽著時下最流行的音樂，解讀著時下再正常不過的現況。

至如哈維爾的〈我的自傳〉（詳見第二章第二節），雖說它也使用了數字排列的方式呈現，但哈維爾從「1936」一直到「1964」數字逐年遞增，一個數字代表一年，每年會發生的事情，會有怎樣的想法都不相同，就像是首充滿變化的熱門樂，沒有辦法將全部的年份歸類成一個很有系統、壯大強盛的交響場面。我把它歸納成熱門樂，凸顯出每個年份的獨特性，使它呈現出更多的面向。

三、語言遊戲式圖象詩

夏宇的〈連連看〉（詳見第三章第三節），除了是典型的語言遊戲式的圖象詩之外，它在音樂性的表現上，我們可以把它歸納到熱門樂的部分。作者精心安排的選項，透過仔細的觀察，會發現這個「連連看」裡面的每個選項缺乏相關性，既然缺乏相關性，又要讀者「連連看」，在詩題上就產生了創新觀念的樂趣。而檢視與它們對應的每個選項，也無法使讀者很快地寫出答案。讀者每連一條線的時候，就代表又再次解構了這首詩，所呈現出來的音樂旋律與情緒表情，也不太一樣。整首曲子，由不同的表達方式跟情緒反應組合成的組曲，就是這首圖象詩所呈現出來的音樂趣味。

倘若連連看是複選題，那麼表現出來的音樂情緒又更不相同了！這樣的詩作，在情緒的表達上是多元的、不合理的，充滿了許多的實驗性和遊戲性，卻也迷人的使人沉溺其中。

又如陳黎的這首〈海的印象〉：

```
擠　　擠　　把　　那　　儘
去　　來　　偌　　蕩　　纏　　　　　海
　　　　　　大　　婦　　著　　　　　的
　　　　　　一　　，　　見　　　　　印
　　　　　　張　　整　　不　　　　　象
　　　　　　滾　　日　　得
　　　　　　白　　　　　人
　　　　　　的　　　　　的
　　　　　　水　　　　　一
　　　　　　藍　　　　　張
　　　　　　被　　　　　巨
　　　　　　子　　　　　床
```

（陳黎，1992：7）

　　這是陳黎早期的詩作，將它擺在語言遊戲式的圖象詩來研究，是因為它將海洋諧擬成了一張巨床，將海浪的流動的樣子栩栩的呈現。也就是既在海的既有印象裡頭加入了蕩婦的動作與形態，又賦予了海浪不同的形象。這首詩不斷地解構著海，就如同一波波的海浪，一個念頭興起，一個轉眼，下一個浪又打來，又帶來了不同的想法。擠來擠去的被子，具象的呈現海浪的天然縐褶，快慢、慢快、慢、快，不同的節奏韻律，也在詩裡呈現拓展。

　　我將文字排列流動順暢、起伏輕鬆的圖象詩歸類成熱門樂，原因在於跳動的文字起伏就如同無法歸類的新穎熱門樂，求新求異的自成一格。而巧妙排列的文字流，不會使讀者造成負擔，不像交響

樂那般的撼動人心，也非抒情樂的內蘊深詠，卻也是最耐人尋味的、與眾不同的流行時尚。

　　綜觀來說，抒情樂給人優美的感受，透過這樣的旋律，我們可以感受到優美的音樂美感；交響樂的氣派磅礡，交織的樂曲讓聽眾獲得莫大的感召，使人有崇高的美感；熱門音樂的變化與型態讓人難以捉模，但總是會帶給人輕鬆、愉快的感覺。不同的音樂性，透露著不同的音樂表情。作者可以透過音樂性抒發情感，讀者也可以憑藉音樂性洞悉作者所要表達的深意，而一來一往的敲估與推測，也使音樂樣貌呈現著各種不同的面相。

第五章　現代圖象詩中的整體音樂美感類型

第一節　崇高／優美／悲壯

　　詩是聽覺藝術和視覺藝術的文字表現，在時空的塑造上，受到繪畫和音樂很大的啟發。繪畫啟迪意象，構設空間，直接關係到主題。音樂啟迪節奏，構設時間，間接凸出了情緒。在詩裡追求音樂性，其實是追求一種純粹的美感經驗。然而，音樂對臺灣新詩的啟示弱於繪畫，呈現局部的、偶發的特質。有一些擬音樂的詩取法於音樂的形式，用語句模仿旋律，產生長短緩急的各式節奏，營造重複、規律的效果。（鄭慧如，2005：26-27）透過圖象詩的經營，我們可以馬上理解作者在時空的塑造上所設計的巧思，音樂的功能性，也被凸顯在詩的情感表達方面；不論是取法於音樂的形式、模仿旋律與節奏、營造重複規律的效果等，都是音樂性在圖象詩中可以慢慢歸納的情感表現。

　　繪畫語言，以線條和色彩在平面上描畫的是生活的靜止的形象，詩的語言則是顯示事物的運動和發展，表現的是動態的形象。同時，一首詩的最終完成必須依賴於讀者的審美想像活動，而讀者的審美聯想本來就不是凝滯的而是流動的。流動的運動的形象，在詩中較之靜態形象更富於生命感，更能調動讀者審美的積極性，激

發讀者審美的愉悅，這就是詩的動態美在審美心理學上的依據。（李元洛，1990：472）

　　一首詩的完成，不僅僅代表創作者的情感抒發，也關聯著讀者是否可以感受作者的意象安排與情感思維。透過詩的語言，可以發展事物運動的過程，表現出動態的形象與掌握情感的脈絡。讀者的聯想力會隨著閱讀到的文字與情境，發揮創造力與審美聯想，使二者之間的情感互相交流，產生閱讀共鳴。

　　中西文化體系蘊含著不同的詩的思維，雖然各自都有專屬的寫實傳統，但彼此的寫實性為一，而所寫實的「內涵」或「質地」卻迥然不同。當中創造觀型文化中的寫實是「敘事寫實」（模寫人／神衝突的形象）；而氣化觀型文化中的寫實是「抒情寫實」（模寫內感外應的形象）。西方傳統深受創造觀影響而有「詩性思維」在揣想人／神的關係；而中國傳統深受氣化觀的影響而有「情志思維」在試著綰結人情和諧和自然，馴至這裡就出現了「詩性思維 VS. 情志思維」這樣一組中介型的概念。（周慶華，2008：158）

　　由於中西文化的差異，使得我們在文學創作較不及西方發展。西方傳統的創造觀，使得他們的創意與創造力十足，「敘事寫實」代表的是西方較重「史詩式」的敘事方式，把一件事情、一個故事從頭到尾、從無到有完全的創造出來，將神話或是寓言用敘事的方式撰寫出來；而中國自古而來，總是以詩感物、以詩興懷，許多想法與感觸，因為在意「人和」的關係，常使用較隱晦的方式表達，漸漸地西方的創造力遠遠的凌駕我們之上。在談到現代圖象詩中的整體音樂美感類型前，先從中西文化系統不同開始界分，再討論到模象式、造象式、語言遊戲式所影響的整體音樂美感。

　　新詩的風格，又可以稱作意境或美的範疇，指的是技巧特徵或藝術形象。意境的營造，是新詩在創作及表現手法需要被關注且用

心經營的；透過意境的經營，使得創作的內涵找到抒發的途徑；而透過此一途徑，與讀者作心靈上的交流與關照。而新詩的風格，我們又可以再加以細分：

（一）前現代風格：如崇高、優美、悲壯等。

（二）現代風格：如滑稽、怪誕等。

（三）後現代風格：如諧擬、拼貼等。

（四）網路時代風格：如多向、互動等。

圖示及說明如下：

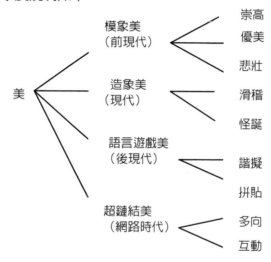

圖 5-1-1　新詩整體美感類型圖（資料來源：周慶華，2007a：252）

　　本研究略去還未發展定型的超鏈結美，只討論模象美、造象美及語言遊戲美三個面向。其所展現出來的整體音樂美感，又可以細分為：崇高、優美、悲壯、滑稽、怪誕、諧擬、拼貼（詳見第一章第三節）。本章要再詳細的加以說明，希望從以上的音樂美感分類，透過新詩不同的審美技巧，用不同的角度與方法來欣賞圖象詩的整體音樂美感。

　　由於西方的文化特性是直線前進型的,當他們從前現代、現代到後現代這個過程中,是不斷進步創新的。而身處於氣化觀型文化的我們,到了近代則取法於西方,透過中西文化交流的方式,突破自身以往的限制,也許不如西方直觀式的創作那麼有震撼力,但卻也有不少可觀的創作文本供我們參考探究。

　　新詩所呈現的美感,以及它所受的時代性影響,又可以再整理成以下的圖表。透過圖表,可以很清楚的知道各個不同的時期所衍生的風格是受到那些主義、那些派別的影響。而經由圖表的列舉,也可以方便我們在分類圖象詩的整體音樂美感時可以更有系統的安置:

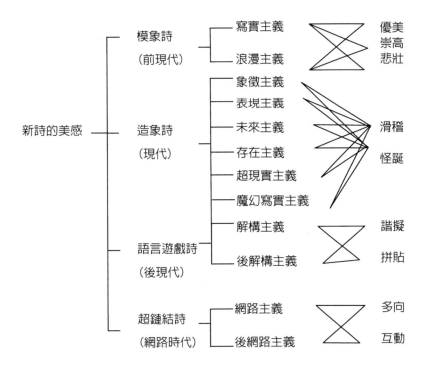

圖 5-1-2　新詩美感型態圖(資料來源:周慶華,2011:73)

　　屬於前現代風格的模象詩，透過描述勾繪物體原本呈現出的外在形象，直接的呈現作品的情感與氣質，是受寫實主義、浪漫主義的影響，這時期產生了使人精神振奮的崇高感和使人情緒感到圓融豐富的優美感及使人感受英雄悲劇的悲壯感。

　　屬於現代風格的造象詩，從原本的物體形象為起點，再基進的創造新的形象，說明新形象和新境界想要突破和先前不同的抒情方式。此時期的各家各派相互影響，造就出了歷史上最輝煌的時期，象徵主義、表現主義、未來主義、存在主義、超現實主義、魔幻寫實主義等形式主義的演變創立。這時期產生了使人因為形式結構違背常理或者衝突矛盾而引起喜悅或發笑的滑稽感和使人在形式結構上感到荒誕不經的怪誕感。

　　屬於後現代風格的語言遊戲詩，則大肆的玩起了解構的遊戲，透過不斷地建立、推翻，解構再解構的過程，讓文字及語言的功能呈現最多樣的面貌。解構主義、後解構主義是此時期的核心思想。這時期產生了因為形式結構的諧趣模擬角色使人感到顛倒錯亂的諧擬感及因為高度異質拼湊而產生的拼貼感。

　　詩歌語言具象，要以富於動態美感的語言，描繪出動態的「象」。簡單的說，就是描繪事物的動態，或從動態中描繪事物。（李元洛，1990：471）正因為詩歌的語言可以具象的呈現，無論這樣的形象是動態或是靜態的描繪，都可以透過所建構的圖象來探究。以下分別列舉詩例來闡述圖象詩所呈現的整體音樂美感：

一、崇高

　　崇高指的是形式上結構較為龐大的、變化較劇烈的，可以使人的情緒為之振奮、高昂（詳見第一章第二節）。

　　如詹冰的〈山路上的螞蟻〉（詳見第四章第一節）透過大量的
「螞」、「蟻」來排列出大規模的覓食圖象，在結構上呈現出龐大的
分工的崇高美感，其中「螞蟻」的聲音形象也透露著因為辛勤準備
食物，又如願獲得食物的興奮感。這首詩作也透露出了氣化觀型文
化團結合作的美感，這與個人主義掛帥的西方創造觀型文化有所不
同，也更能呈現集體工作，敬畏自然、遵循傳統各司其職的樣貌。
　　又如白福德（Willim Byford）的〈聖誕樹〉：

聖誕樹	Christmas Tree
星	Star
如您有	If You are
憐憫的愛心	A love compassionate
今年您會與吾人同行	You Will walk with us this years.
距您遙遠的我們，匍匐在這	We face a glacial distance, who are here
堆在	Huddled
您腳下	At your feet

（引自周慶華主編，2009：386）

　　這是一首聖詩，表達了對上帝的崇拜。一開頭的「星」就如同
聖誕樹上擺設的星形裝飾物，代表整個聖誕樹的核心與希望，也是
最接近上帝的至高處。因為上帝的崇高，我們就像是堆在上帝腳下
的禮物，必須透過上帝的感召與聖恩的洗禮，才能夠淨化心靈。也
希望讓我們可以跟隨著上帝的腳步，一起前進。這首詩表達了對上
的的信仰與崇拜，也表達了西方唯一信仰的熱衷，因為崇拜上帝，
所以希望可以更接近、變成上帝，追求崇高的美感。

二、優美

　　優美指的是形式上結構和諧、圓滿（詳見第一章第二節），由於文學作品多具有抒發情感的功能，所以大多數的文學作品都可以使讀者產生這樣的美感。

　　紀弦的〈月光曲〉（詳見第三章第一節）以及白萩的〈曙光之升起〉（詳見第四章第一節）都有優美的音樂美感。

　　紀弦〈月光曲〉所建構的圖象，優美而淡定，帶來一室明亮的月光，就像一盞帶來光明與希望的燈，使夜讀的人不會感到孤單，使夜歸的人獲得溫暖，使夜晚籠罩在銀色的月色薄霧中；而白萩的〈曙光之升起〉，也透露著和諧的寧靜氣氛，因為曙光的漸漸升起，使得人的格局跟著太陽的升起而轉變，內心的煩惱似乎也跟著昇華了，就這樣在一片優美的氣氛裡，太陽升到至高點，俯視大地，包容萬物的胸懷與源源不斷的熱度溫暖了大地，情感是如此的祥和優美。

　　以下這首著名的圖象詩是非馬的〈鳥籠〉：

```
籠  鳥  還  把      走        讓  門  鳥  打
        給  自        鳥      籠  開      鳥
            由        飛      的          籠
```

（非馬，1973：18-19）

　　〈鳥籠〉一詩的圖形呈現鳥類飛翔時展開的翅膀，透過開展的雙翅，鳥可以盡情地飛翔，自由自在。非馬在初創這首詩的時候，希望將鳥籠的門打開，讓鳥自由的飛走，還鳥籠自由，因為鳥籠禁

鋦了鳥，鳥不自由，鳥籠也無法自由。直到鳥獲得自由後，鳥籠也不再畫地自限，而獲得不同的自由感。

　　1989 年，非馬又重新詮釋了這首詩，因而有了〈再看鳥籠〉這首詩的誕生：

```
空 天 還 把     走     讓 門 鳥 打
   給 自          鳥       籠 開 再
      由          飛       的    看
                                鳥
                                籠
```

　　　　　　　　　　　　　　　　　（非馬，1998：208-209）

　　非馬認為，鳥籠的自由不代表整個生命的完全釋放，必須更宏觀的讓天空自由，使生命獲得完整的釋放，這才是真正的自由。雖然非馬只把詩作末兩句「鳥／籠」修改了「天／空」，卻是賦予詩新的價值觀和生命。真正的自由，不在於誰不再禁鋦了誰，而是都不再想要禁鋦對方，在自由的藍天下，無論是鳥或者鳥籠，都不再有束縛，這才是自由的真諦。

　　非馬的二首圖象詩文字的排列雖然簡單，但卻是寧靜致遠，優美的音樂美感也流竄在字裡行間，使人感受純淨與美滿的情韻。

　　又如周慶華的〈龜山島〉：

```
                              都
                          從 沒 千
              奇              有 這 換 百 靜
          和 妙 那            有 時 頭 過 年 靜 有            龜
      的 愛 善 一 不      害 時 黯 望 姿 以 趴 隻 海      遠      山
  巴 尾 翹 變 條 直 畫 我 明 淡 去 勢 來 著 龜 上 的 方 在      島
```

（周慶華，1998：102）

　　從臺灣望向宜蘭外海的龜山島，常會因為宜蘭的天氣而導致龜山島外觀籠罩著薄霧，而龜山島靜謐的形象，透過詩人用文字排列出來的形狀可見一斑。巧妙的文字安排，使得龜山島圓弧的形象具體的呈現在讀者眼前，圓潤的外型，也令人感到內心無比的舒快。在藍色的大海上，趴著這樣的一座小島，在我們尋找遼闊海洋治療浮躁的情緒時，這座島便是很好的寄託；我們望向海，不再是茫茫然的找尋，有一座可愛的島，靜靜地守候著，作為心靈上很好的情感寄託。

三、悲壯

　　悲壯指的是形式上結構包含有正面或英雄性格的人物遭到不應有卻又無法擺脫的失敗、死亡或痛苦，可以激起人的憐憫、恐懼等情緒（詳見第一章第二節）。

　　如黑大春的〈密封的酒罈〉：

密封的酒罈

就像一隻死去的鳥
躺在血泊中死去的被圍繞的
衝出一個想死還能死去的巢被人圍繞創造
一想在空中夢想能死去的被人圍繞
花枝中還死的巢能被人圍繞創造
衝呵剛剛嚥氣的浮雕的露臺卻被欄杆
腰中的室外的飛舞的露臺
呵剛剛嚥氣的姥姥層層被創造
就在鐘裡的他壓住了你那密封的酒蠛從此湧上來這樣
了你口中的剛剛嚥氣的姥姥那就這樣就這樣的話
住了成地露出頭上當那兩瓣閃耀的月蝕的蝸牛的
從此流悄悄咽氣起那姥姥呵呵再也不能為我特角
水悄剛咽哼起那支搖籃裡的搖籃裡的童謠裡的童謠
靜剛輕輕支搖籃裡的搖籃裡的童謠的
那那支童謠那支童謠的
鐘口
坍塌摟住那些

（張默、蕭蕭編，1995：1288）

　　這個密封的酒罈，究竟承載了多少的歷史秘密與過往沉重？為什麼陳年的酒不再是越陳越香，反倒是瀰漫著不堪觸景的傷情？代表姥姥的陳年酒香，因為作者悲傷的情緒而不再飄香，取而代之的反而是感懷傷時。有些記憶可能斑駁了，因為時間的推移而模糊淡化，但回憶不會，回憶就像是這酒罈裡的酒，怎麼捨得品嘗？但品

　　嚐回憶是最接近回憶的方式，掛在眼角的淚鹹化了嘴裡酒的苦味，轉而甘醇入喉。如果不去接觸、不敢面對，又怎麼追憶往昔？詩裡悲壯的情感，深不可測，就如同這一罈酒，讓人又渴望又害怕。

　　又如周慶華的〈相遇東海岸〉：

> 遺憾寫在開滿百合的珊瑚壁
> 藏著前世藍灰色的濛濛
> 心像波濤回
> 我在望空濛濛的這降岸夢
> 沒有沒有沒有
> 逛完觀音洞了
> 先走了
> 能不起一
> 被綠島撿去
> 剩下的給了蘭嶼
> 便宜了她
> 運行東南東南東南
> 相遇東海岸

（周慶華，2009b：69-72）

　　綠島的觀音洞，住著一座鐘乳石化身的菩薩，也是綠島有名的觀光景點。詩人用弧線代表這個觀音洞，也透過文字高高低低的排列，來代表著東海岸的海岸景觀，文字的起伏與情感的波滔，在海浪的簇擁下，全部推擠到這高傲的珊瑚礁崖壁，迸撞出純白色的浪花，在熾熱的陽光照射下閃閃發亮。即使再光明，陽光卻無法完全的照進這觀音洞，使得觀音洞總好像披著神秘的灰濛，必須要往下走，深入踏訪，才能了解觀音洞所給人的感受。

　　什麼樣的情感不再喜悅，而是說不出的遺憾？遺憾是承諾了卻無法完成；遺憾是遇見了卻無法相伴；遺憾是失去了卻害怕再擁有；遺憾是即使知道遺憾了，還是寧願保留底心的缺口，阻擋任何期待與可能。

　　矛盾與衝突，使得圖象的悲壯性在文字間蔓延，也使得整首詩
所流露出的音樂美感帶點哀愁與無能為力的悲愴。

第二節　滑稽／怪誕

　　廣義來說，現代主義的開端可追溯至 1840 年代，指當時藝術
家、音樂家、建築設計師與詩人為突破正統規範與文化生產的常規
所做出的努力。現代主義藝術在特色上是一切求「創新」，利用非
傳統材料、新穎的構圖方式而且勇於嘗試新的描繪題材手法。（Pam
Meecham、Julie Sheldon，2006：367）

　　圖象是表現、記錄，反映外表，沒有外表就無法存在，它提供
我們關於外表的訊息；圖象是聲明，單純透過它物質和美學的特
徵，肯定自身的存在。它是一種象徵，可以顯示一些共通性。它也
是遺跡，讓人看到物體，也看到生產和傳播它的技術或制度。（西
卡爾〔Monique Sicard〕，2005：219）圖象的經營，可以具象生動
的看出所想要反映外顯的內心情緒，人和人的情感是互有交流的，
透過美的感悟，顯示情緒的共通性；並透過圖象的經營手法，可以
使創作者和讀者之間的接軌更順暢。

　　形式主義是重要的藝術實踐之一，它注重藝術創作的技巧而犧
牲內容性與題材。形式主義認同藝術品是自主性物件的主張，而且
藝術品可以藉由相對客觀的觀點「被了解」。對形式主義而言，「了
解」和「知覺」其實是同一件事。（Pam Meecham、Julie Sheldon，
2006：169）形式主義使得造象式的美感創新了觀念與創新了世界
與境界，在創新的思維裡，尋找不斷向前進步的動力並努力的實現
目標，這也是造象美為什麼經常流露未來感，因為期待未來、嚮往
更美好的將來，所作的一切努力就是希望能帶來新的局面與境界。

以下分別列舉詩例來加以說明：

一、滑稽

滑稽指的是形式的結構含有違背常理或矛盾衝突的事物，可以引起人的喜悅和發笑（詳見第一章第二節）。因為模象美而創新觀念與創新境界，使得形式結構容易有違背常理的衝突矛盾出現，於是造成滑稽感。

林亨泰的〈房屋〉和胡林寶的〈一則分類小廣告〉（詳見第三章第一節）都屬於滑稽的音樂美感。

其中林亨泰的〈房屋〉將外在現實的反映，轉為內在的開發。因為內心笑了，所以反映在窗戶上，每個窗戶都露出牙齒。再將「齒」放大來看，字體本身的排列就像是兩雙正在微笑的眼睛，笑咪咪的窗戶，看了使人不禁發笑。一旦哭了，又呈現出不同的美感。所有的「齒」被「窗」取代了，嘴巴緊閉，裝載了許多的委屈與憤怒。同樣的，將「窗」放大來看，緊閉下垂的眼睛，也代表著哭泣的情緒。詩人透過文字的特性，具象的將滑稽美感顯現在讀者面前。

根據漢字獨體的「完整性」，每個漢字都有各自的個性，像一個平衡、和諧、對稱的建築物，字與字便有標準的辨識；根據「統覺性」，無論以單體初文作為基礎去了解合體字的意義，或是以合體字為基礎去了解兩個字以上的複音詞的意義，都容易觸類旁通與推想。（林尹，1971：19）也正因為漢字獨體的完整性，我們才能夠恣意的運用這個優勢，不斷地透過創新思考，建造有別於以往的創作。

胡林寶的〈一則分類小廣告〉因為形式特別的關係，在當時被詩刊所拒絕，便自掏腰包將詩刊載在夾報的分類廣告單裡面，趣

味十足。這首詩特別的創新思考在於既是分類廣告，但真正的寓
意是希望開車的人要當個安全駕駛，文句間使用輕鬆的方式勸導
駕駛小心開車的安全，逗趣的從第二人稱轉換成第一人稱描述，
這則不符合常理的分類廣告，不但可以引人發笑，也可以視作滑稽
美感的作品。

　　又如洛夫的〈長恨歌〉第四段：

　　　　他開始在床上讀報，吃早餐，看梳頭，批閱奏摺

　　　　　　　　　　　　蓋章

　　　　　　　　　　　　蓋章

　　　　　　　　　　　　蓋章

　　　　　　　　　　　　蓋章

　　　　從此

　　　　君王不早朝

（洛夫，1988：163）

　　沉溺女色的君王，原本該上朝的時間，全都待在床上了；而該
做的事情，也全都堆在床邊。冷硬的奏章與懷中的溫軟相比，自是
被拋到一邊了，但君王還是很有誠意的「蓋章」，具象的呈現一位
昏庸的君王如同時下為人詬病的「公務員」，原本該是一國之君，
竟然淪落成蓋章的機器。圖象的安排，讓「蓋章」的動作既具象又
極盡諷刺能事，即使違背常理，但大家卻還是冷眼以待。

二、怪誕

怪誕，指形式的結構盡是異質性事物的併置，可以使人產生荒誕不經、光怪陸離的感覺（詳見第一章第二節）。

哈維爾的〈我的自傳〉與碧果的〈鼓聲〉（詳見第三章第二節）都為怪誕的音樂美感表現。

在哈維爾〈我的自傳〉中，透過不同的數字排列出每年的不同，每一個數字就是代表一個不同的年、不同的生活習慣與不同的人生態度，經由拼湊，創新觀念的掌握使得這個自傳怪誕極了。

至於碧果的〈鼓聲〉，不採用文字狀聲詞來表達鼓聲，而是將打鼓的聲音用圓形來表達，透過由大到小的排列，產生怪誕的造象式美感。

同樣的，周慶華的〈新民主頌〉（詳見第三章第二節），也是這類型的表現，沒有任何一個選舉選單這麼民主的出現未知的空白，不可思議的巧妙安排，創新了民主思想，也創造了新的民主思維。真正的民主不就該是「以民為主」嗎？那麼「客製化的選單」是再適當不過的配置了。

另外，周慶華的〈臺灣品牌〉，也創造了詩的新思維：

```
術　技　本　日　海　計　設　國　美
　　　　　　外
　　　　　　原
　　　　　　料
　　　　　　大
　　　　　　陸
　　　　　　勞
　　　　　　工
```

臺
灣
品
牌

（周慶華，2002：113）

由文字排列出了一個大大的「Ｔ」字，代表臺灣[Taiwan]的單字開頭「Ｔ」，也代表「臺灣品牌」。但諷刺的是，既然是臺灣品牌，卻是美國的設計；取法日本的技術；利用海外的原料；使用大陸的勞工。而這樣子生產出來的產品，真的夠資格稱得上是本土的「臺灣品牌」嗎？而井底之蛙的我們，卻還因為「臺灣品牌」而沾沾自喜著，以一種阿 Ｑ 的精神勝利法來說服自己是很優秀很棒的。但將華麗的外衣褪去，本質上來看我們卻是沒有任何一個原料、技術是自己所擁有的。

這樣怪誕的美感類型，也提供了不同的思考方向供我們檢視自己的自大，也許我們的過度膨脹與自信心，在外人的眼中是不堪一擊的，我們是否該好好沉思要成為怎樣的「臺灣品牌」，而非各國異質併置的「合成物」。

在模象美中偶爾也可以見到滑稽和怪誕，但總不及在造象美中所體驗到的那麼強烈和凸出；同樣的，在造象美中偶爾也可以見到諧擬和拼貼，但也總不及在語言遊戲美中所感受到的那麼的鮮明和另類。（周慶華，2004b：312）美感類型不會因為時代的推移而斷然的切割，而是一種添加昇華的累積。根據時序的推移，模象美中還是會有滑稽和怪誕的呈現，而造象美中也有可能獲得諧擬與拼貼的創作；但倘若能在各自的美感範疇裡透視、討論，也能夠使得美感的呈現更加清晰明瞭。

第三節　諧擬／拼貼

後現代主義對於文學作品不再稱為「作品」（literary work），而改稱「文本」（text），所以每一首後現代詩都是一種文本。後解構主義者巴特（Roland Barthes）對此有一套發人深省的理論。以

往我們稱文學產品為「作品」，是基於作品的意義已經有了「結果」。讀者逐步地閱讀，就像剝果子一樣，剝到最後，只剩果核，而意義的核心就在果實的中間。這種說法就是「顯在說」、「中心論」的一種主張，承認現實可經由語言文字的描寫而得。（孟樊，1998：255）

綜觀臺灣現代詩的研究版圖，圖象詩的研究，始終只能從現代主義的「現代派」約略被提起，因為當時林亨泰創作了系列符號詩並提出符號詩觀點。自此之後，圖象詩的研究大多被歸入後現代主義時期。（陳思嫻，2004：16）不可否認的是，圖象詩的技巧表現與創作文本，都以後現代主義的表現手法居多。由於後現代主義的文字實驗性強，使得文字在發揮造象功能時，可以肆無忌憚的大展身手。而創作者的舞臺，也在後現代主義的殿堂找到出口。

後現代主義是一個過度使用而無所不包的名詞，舉凡是戲謔的、幽默的、諷刺的、聰明的、權充的、多元的與突破規則的文化情事都可納進後現代主義中。（Pam Meecham、Julie Sheldon，2006：369）襲仿是後現代主義當今意義最重大的一個特色或實踐。透過不斷的創新創造出來的新物象，再透過解構去產生新的意象，只要是有特色的呈現，就能夠在後現代的殿堂掙得一席之位。

前衛詩的遊戲策略，主要體現為聲音雜交和文字雜交，拼貼和戲仿則是常用的手法。此外，前衛詩一致要求讀者積極參與，並努力提供讀者戲耍的空間，其藝術的成敗也往往繫乎那空間的條件，就是詩作本身究竟留下多少縫隙給讀者自由戲耍？提供了多少生產條件給讀者？（焦桐，1998：108）透過聲音和文字的交相作用，可以創造出提供讀者戲耍的空間，而該怎麼去闡述與再製，也是創作者和讀者之間應該要思考的。

創造觀型文化內的文學表現所以會從前現代跨向現代派，主要是該文化所預設的造物主為一無限可能的存有，西方人一旦發現自

己的能耐可以跟造物主並比時，不免就會有意無意的『媲美』起造物主而有種種新的發明和創造（這從近代以來西方的科學技術的快速發展以及各學科理論的極力構設等，可以得到充分的印證），而文學觀念的更新和實踐也不例外（化解跟神性衝突的另一種方式）。至於所以會再跨向後現代派，則是肇因於該文化所預設的造物主為一無限可能的存有遭到西方人自我「反向」的質疑而引發的一種分裂效應（透過玩弄支解語言來達到「自由解放」以為逆向化解跟神性衝突的目的）。爾後的數位派，則更進一步把後現代派無由出盡的解構動力以多向和互動的方式盡情的予以「宣洩」。但不論如何，這一切都有一股「創新」的衝動在背後支持著。（周慶華等，2009：173）西方創造觀的影響，使得西方在創新思維上表現得奮不顧身；而我們氣化觀的傳統或許有所侷限，但中西交流後，思想的解放與創新思維，也給我們帶來莫大的衝擊，使得後現代詩文本在詩壇大放異彩。

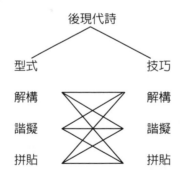

圖 5-3-1　後現代詩的形式／技巧結構圖

　　後現代詩的形式與技巧，就是一直透過解構、諧擬以及拼貼，反覆的對話與變形而成就後現代詩的創作技巧與呈現手法。

以下透過後現代圖象詩來呈現諧擬與拼貼的整體音樂美感：

一、諧擬

諧擬（parody），顧名思義是對傳統柏拉圖以來的模擬（mimesis）的再書寫。它仍然是一種模擬，但卻是詼諧的語調。它是一種調侃，調侃現實，調侃人生既定的意義，也可能調侃自己。（簡政珍，2005：237）因為人生的既定意義沒辦法改變，只好用不斷的解構，來處理新的思考面向，所以和精神方面有關的再製，也大多與後現代主義有關。

諧擬指形式的結構顯出諧趣模擬的特色，讓人感覺到顛倒錯亂（詳見第一章第二節）。

陳黎的〈戰爭交響曲〉（詳見第三章第二節），就表徵了後現代對戰爭的諧擬。就西方殖民主義而言，戰爭是神聖的，是站在領著神的旨意，代替神去打的聖戰，其戰爭的目的在於保存優良品種，將不適合的物種淘汰，使強大的本位主義強硬地套在囂張的帝國武力擴張模式。因為需要戰爭，而將戰爭神聖化。而陳黎的〈戰爭交響曲〉諧趣模擬戰爭的場面，透過降格法的反諷，赤裸的將打殺的場面呈現出來，也是對帝國主義擴張的反諷與排斥。文學作品在深層次的感受上是悲壯的，因為文學作品的情感無法完全依照時代風格完全切割。

下面這首顏艾琳的〈速度〉：

速度

山，退後

樹，退後

雲，退後

河，退後

人，退後

高樓退後

霓虹退後

夕陽退後

馬路退後

愛情退後

悲歡退後

歷史退後

…………

…………

時光退後

在一四〇的指數上

我駕馭著速度

如此看見

唯我

前

進

。

（陳美芳主編，2011：175）

　　顏艾琳的〈速度〉，透過諧擬的手法將速度比擬成箭頭，箭頭的反方向，是無止盡的退後再退後，使箭頭無止盡的向前延伸，產生畫面上的飛動趣味。

　　因為在時間軸上，無法仔細去探究什麼東西失去了、什麼東西流失了，但是透過圖象的經營，漸漸消失的畫面一個個的失去，而在速度行駛中，我們只能看見一直來的未來。

　　另外，陳黎的這首〈而蜜蜂也對你歌唱〉：

而蜜蜂也對你歌唱

耳 Beeeeeeeeeeeeeeeeeeeeeeeeeeeeeeeeeeeeeeeeeeeeeeeeeeeeeeeeee
耳 Beeeeeeeeeeeeeeeeeeeeeeeeeeeeeeeeeeeeeeeeeeeeeeeeeeeeeeeeee
耳 Beeeeeeeeeeeeeeeeeeeeeeeeeeeeeeeeeeeeeeeeeeeeeeeeeeeeeeeeee
耳 Beeeeeeeeeeeeeeeeeeeeeeeeeeeeeeeeeeeeeeeeeeeeeeeeeeeeeeeeee
耳 Beeeeeeeeeeeeeeeeeeeeeeeeeeeeeeeeeeeeeeeeeeeeeeeeeeeeeeeeee
耳 Beeeeeeeeeeeeeeeeeeeeeeeeeeeeeeeeeeeeeeeeeeeeeeeeeeeeeeeeee
耳 Beeeeeeeeeeeeeeeeeeeeeeeeeeeeeeeeeeeeeeeeeeeeeeeeeeeeeeeeee
耳 Beeeeeeeeeeeeeeeeeeeeeeeeeeeeeeeeeeeeeeeeeeeeeeeeeeeeeeeeee
耳 Beeeeeeeeeeeeeeeeeeeeeeeeeeeeeeeeeeeeeeeeeeeeeeeeeeeeeeeeee
耳 Beeeeeeeeeeeeeeeeeeeeeeeeeeeeeeeeeeeeeeeeeeeeeeeeeeeeeeeeee
耳 Beeeeeeeeeeeeeeeeeeeeeeeeeeeeeeeeeeeeeeeeeeeeeeeeeeeeeeeeee
耳 Beeeeeeeeeeeeeeeeeeeeeeeeeeeeeeeeeeeeeeeeeeeeeeeeeeeeeeeeee
耳 Beeeeeeeeeeeeeeeeeeeeeeeeeeeeeeeeeeeeeeeeeeeeeeeeeeeeeeeeee
耳 Beeeeeeeeeeeeeeeeeeeeeeeeeeeeeeeeeeeeeeeeeeeeeeeeeeeeeeeeee
耳 Beeeeeeeeeeeeeeeeeeeeeeeeeeeeeeeeeeeeeeeeeeeeeeeeeeeeeeeeee
Our Concertgebouw

註：向詩人蜂飼耳及所有創作者致敬。耳＝阝＝Ｂ＝蜂；
Concertgebouw＝音樂廳；Bee／Be our Conertgebouw

（陳黎，2011：120）

　　陳黎將耳朵的「耳」進一步的詮釋成左阜的「阝」，然而這隻左耳，又可以再擬為英文字母「B」，也就是蜜蜂英文「Bee」的英文字母開頭「B」。而這一連串的諧擬，為的就是要鋪陳「Bee」的聲音與圖畫的形象。「e」除了代表聲音的餘韻，也可以當作是多隻團結在一起的蜜蜂，也可以看成是虯結的蜂巢，一個壯麗堂皇的「音樂廳」。這裡聚集了成千上萬的蜜蜂，創造出來的樂章，正不間斷的演奏著。不僅中文字可以表聲，「Bee」本身也能代表蜜蜂振翅的聲音，透過圖象詩，可以想見那樣的「蜜蜂」奏鳴曲是多麼的壯觀，而所有的音樂都走進了「蜂飼耳」的耳朵裡，再度形象化了這隻耳朵。詩人的創意與音樂美感，在整首詩上很有技巧的全面掌握，每個層面都關照到了，是一首兼具視覺性與音樂性的成功文本。

二、拼貼

　　未來派試圖打破語言文字的單一性，使語法和畫的元素運用趨向多元。這種拼貼性格和立體派大致類同。所差異的是未來派強調文字的活潑善變和爆炸的力量；立體派強調形式的戲耍和機智。未來派作了許多大膽而新奇的實驗，不僅重視詩的音響效果，也重視詩的視覺形象。未來派使用各種元素來標新立異，力圖經營視覺和語言的畫面。而立體詩介於未來主義和表現主義之間，在反傳統詩律方面和未來派接近，但它遠比未來派凸顯視覺特徵，經常語帶雙關、矛盾；依靠印刷傳播；擅用戲仿和文字遊戲來建立歧義。這類詩既訴諸聽覺，更訴諸視覺，講究詩的造型美，詩人乃將詩句排成與意義相應的畫面，成為「視覺詩」。視覺詩常玩的遊戲，就是拼貼。（焦桐，1998：73-76）拼貼，指形式的結構在於表露高度拼湊

異質材料的本事（詳見第一章第二節）。以下分別列舉圖象詩例來
陳述：

如陳黎的〈於是聽見雨說話了〉：

於是聽見雨說話了

雲雲雲雲雲雲雲雲雲雲雲雲雲雲雲雲雲雲雲雲雲雲雲雲
雲雲雲雲雲雲雲雲雲雲雲雲雲雲雲雲雲雲雲雲雲雲雲雲
雲雲雲雲雲雲雲雲雲雲雲雲雲雲雲雲雲雲雲雲雲雲雲雲
雲雲雲雲雲雲雲雲雲雲雲雲雲雲雲雲雲雲雲雲雲雲雲雲
雲雲雲雲雲雲雲雲雲雲雲雲雲雲雲雲雲雲雲雲雲雲雲雲
雲雲雲雲雲雲雲雲雲雲雲雲雲雲雲雲雲雲雲雲雲雲雲雲
雲雲雲雲雲雲雲雲雲雲雲雲雲雲雲雲雲雲雲雲雲雲雲雲
雲雲雲雲雲雲雲雲雲雲雲雲雲雲雲雲雲雲雲雲雲雲雲雲
雲雲雲雲雲雲雲雲雲雲雲雲雲雲雲雲雲雲雲雲雲雲雲雲
雲雲雲雲雲雲雲雲雲雲雲雲雲雲雲雲雲雲雲雲雲雲雲雲
雨雨雨雨雨雨雨雨雨雨雨雨雨雨雨雨雨雨雨雨雨雨雨雨
云云云云云云云云云云云云云云云云云云云云云云云云
云云云云云云云云云云云云云云云云云云云云云云云云
云云云云云云云云云云云云云云云云云云云云云云云云
ㄥㄥㄥㄥㄥㄥㄥㄥㄥㄥㄥㄥㄥㄥㄥㄥㄥㄥㄥㄥㄥㄥㄥㄥ
ㄥㄥㄥㄥㄥㄥㄥㄥㄥㄥㄥㄥㄥㄥㄥㄥㄥㄥㄥㄥㄥㄥㄥㄥ
ㄥㄥㄥㄥㄥㄥㄥㄥㄥㄥㄥㄥㄥㄥㄥㄥㄥㄥㄥㄥㄥㄥㄥㄥ
、、、、、、、、、、、、、、、、、、、、、、、、
、、、、、、、、、、、、、、、、、、、、、、、、
、、、、、、、、、、、、、、、、、、、、、、、、
、、、、、、、、、、、、、、、、、、、、、、、、

```
ヽヽヽヽヽヽヽヽヽヽヽヽヽヽヽヽヽヽヽヽ
ヽヽヽヽヽヽヽヽヽヽヽヽヽヽヽヽヽヽヽヽ
ヽヽヽヽヽヽヽヽヽヽヽヽヽヽヽヽヽヽヽヽ
ヽヽヽヽヽヽヽヽヽヽヽヽヽヽヽヽヽヽヽヽ
ヽヽヽヽヽヽヽヽヽヽヽヽヽヽヽヽヽヽヽヽ
ヽヽヽヽヽヽヽヽヽヽヽヽヽヽヽヽヽヽヽヽ
ヽヽヽヽヽヽヽヽヽヽヽヽヽヽヽヽヽヽヽヽ
ヽヽヽヽヽヽヽヽヽヽヽヽヽヽヽヽヽヽヽヽ
ヽヽヽヽヽヽヽヽヽヽヽヽヽヽヽヽヽヽヽヽヽヽ
```

（陳黎，2011：119）

　　透過拼貼的手法，陳黎將「雲」開始分解，從漂泊天際的烏雲開始解構、拆卸，直到化作掉落地面的雨滴。這樣壯麗的圖象詩，除了讓讀者感受了一場「及時雨」，也具象的表達雨滴在空氣中飄動、滴落的樣子。

　　賴芳伶在陳黎《我／城》這本詩集的序中提到〈於是聽見雨說話了〉和〈而蜜蜂也對你歌唱〉這兩首詩融合了語言文字的象形、指事、會意、形聲，轉注與假借其實也呼之欲出。顯然陳黎靈感紛至沓來，欲以蜜蜂的歌唱聲為我們築構一座充滿視覺美感的音樂廳，以為靈魂徜徉的場所。（陳黎，2011：13）

　　又如陳黎的〈十八摸〉：

十八摸

趁黑，摸摸我們的心，修改
一下密碼，免得被失戀者盜用；
趁黑，摸摸我白得像瓷匙的手，
如果你渴，用它舀飲我胸前的夜色；
趁黑，摸摸夜空中那透明的ㄇ字，
ㄅㄆㄇㄈ，我給你我的球門，給你ㄇ；
趁黑，摸摸它金黃的門柱，用似是而非
半推半就的語言和虛擬的守門員濫竽輸；
趁黑，摸摸天階上的鋼琴，宇宙一世只租給
我們一次音樂廳，聽覺要攀走仙界的鋼索；
趁黑，摸摸我鼠蹊旁的香水瓶，用一次次的
深呼吸掀開它的瓶蓋，掀開我的人間——
趁黑，摸摸島嶼脊椎盡處的鵝鑾鼻，它也
有個鼻子在呼吸，它張開鵝鑾，我張帆；
趁黑，摸摸排灣族頭目的琉璃珠，愈來愈胖
的百步蛇變成鷹，羽毛插在我的髮當中；
趁黑，摸摸童話的鐵夾，中了陷阱的山羌
逃脫留下斷腳，做成一〇一個小米粿的餡；
趁黑，摸摸我小米粿的餡，在我圓圓軟軟的
胸盤上，用它餵夜夜更夜，用它止飢飢更飢；
趁黑，摸摸卑南小孩的歌，貓頭鷹會來抓眼睛，
睡吧睡吧在我肩上，催感傷的動物們入眠；
趁黑，摸摸島嶼中央巴宰海族的銅鑼，一邊
敲打一邊燒火，燒我身上的茭白筍田；
趁黑，摸摸紅頭嶼的芋頭，摸兩下他們說是
sosoli，快摸一下，啊soso，變成我的乳房；
趁黑，摸摸三貂角的眼，不見貂影，只見
月光，在大划船划過的我肩胛的海岸線；
趁黑，摸摸哆囉滿的唇，金閃閃的溪流
穿峽谷，吹奏出口簧琴細密的聲音；
趁黑，摸摸我肌膚上沉積的金沙銀沙，
你的立霧溪在我身上製糖製鹽；
趁黑，摸摸這一顆漂流的球，從
黑水溝漂流到我的白膝灣；
趁黑，摸摸你的金球鞋，
我給你球門，給你ㄇ，
你給我提腳，
送它入
門……

註：鵝鑾，排灣語「帆」的譯音。

（陳黎，2011：222）

用異質的拼貼，完成了這幅名為故鄉的具象作品，強化了作者對臺灣的每個個人印象，組織成一個臺灣的形貌地圖。透過「手的觸摸」，連接心感，沉澱自己，靜下心來細細的感受這片我們每天都生活著的土地，再對它用點心，去體會「鄉土」所帶來的震撼與魔力。

又如夏宇的〈降靈會 III〉：

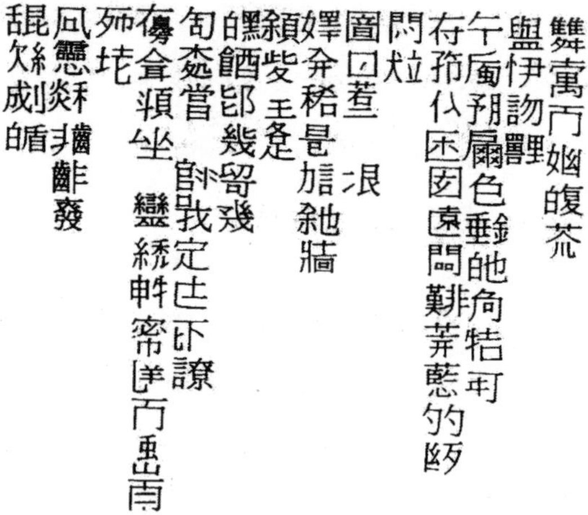

（夏宇，2001：45）

夏宇的〈降靈會 III〉將文字的部首和部件拆卸開來再組合，形成每個無法認讀的字；透過拼貼所產生的異質錯置，使得整首詩無法用任何先備知識去閱讀。

現代藝術中，美已被重新定義或甚至與美根本不相干，藝術評論此時便得負起為藝術品自圓其說的責任，定義作品的性質，並建立品味的層次。（Pam Meecham、Julic Shcldon，2006：7）美的認知，從來就不會相同，這是一種相對的主觀意識，而非絕對的、客觀的。在定義每個作品前，必須要細細的審讀，有效且合理性的分

類歸納，務必呈現出最原始的美感，就必須在分析作品及文本的時候，更客觀地去感受且與它們作情感上的交流。

　　一個人認為是圖象的東西，另一個人可能不認為是圖象，因為圖象只有在文化、物質組織、美學和判讀慾望四者趨向的共同作用之下，才可能誕生。接受同一幅圖象的方式，每個人都不同；我們以自己的方式判讀它。（西卡爾，2005：219）文學的詮釋，在於每個人的心理背景、家庭背景、文化觀念等影響而有所不同，我依據蒐集來的資料加以整貌修潤，透過上述的分類，將所蒐集到較有特色且具探討性的圖象詩作有系統地歸納（但暫時略去各時期較複雜的不同流派的對應），期能在探討圖象詩的閱讀與創作教學上有所助益。

第六章　現代圖象詩的發展限制
及其改進途徑

第一節　現代圖象詩發展限制課題的緣起

　　羅青在〈論白話詩〉就紀弦的定義，提出對於現代詩的一些想法，倘若從時間上來考量什麼是現代詩的話，時間的推進是無法確切斷定何謂「現代」，何為「古典」的。（羅青，1999：1-3）現代詩只是奉行現代主義的詩，是流派的一支，不能成為詩的通稱。這樣狹義的定義之下，羅青便主張「現代詩」一詞只適合用在具有「現代」素質的詩。現代詩與以往最人的不同，便是在它的取材與體制上有不同的創新，且不受格律聲調等八股的限制束縛。而羅青在《從徐志摩到余光中》一書提到，圖象詩的創作其範圍雖不如自由詩來的那麼無拘無束；不過，有些題材與構思還是適合用圖象的方式來表達。但如果是敘事題材及抽象思維過多或過於繁複的神思，就不適合以圖象詩的方式來創作。（羅青，1999：1-13）也就是說，圖象詩的發展也許會為了凸顯圖象感而限制了創作詩時的自由心靈，但是倘若能夠發揮文形組合的最大效益於圖象詩，建構出一套自由行詩之外的體例或是圖象，會讓作者想要表達的意象更加鮮明。但倘若過於追逐文字遊戲的試探，會流於只重形式而忽略其詩

的本質內涵。在創作圖象詩的時候,應該避免過度的圖象技巧應用所帶來的流弊。

因其特殊的表現與呈現方式,圖象詩的創作往往被當作是語言遊戲的產物。圖象詩在表現手法上一開始是透過文字的建築性,將文字透過堆疊、重複、排列等手法,以圖象經營的方式,使圖象詩兼具視覺的震撼美感,也產生了空間的深度,使得詩的創作有了不同的方向與手法。

如果說「排列圖形」多的是「異質性」文字的組合,「複疊字形」就是「同質性」文字的組合。異質性文字的組合可以自然形成文義格局,同質性文字的組合,以接受美學而言,需要讀者更多的參與能力;以圖象效果而言,更能在讀者心中留下空間美學的立體震撼。(蕭蕭,2007:331)無論是同質性的排列組合或者是異質性的拼湊,都是圖象詩所表現的手法之一,也是它面向多變的主因。

圖象詩的形式被看作是套用的公式和模式,圖象詩創作者的生命完全被所謂的公式給一筆批評抹滅,忽略了圖象詩的內涵。(陳思嫻,2004:3)形式往往會被認為是一成不變的,但是圖象詩的本質,卻可以從內涵去加深、加廣。扣除掉外顯的圖象,我們還可以去思考組合成圖象詩的每個文字因素本身,藉由不同的想法去推敲每個文字被配置在圖象中的細微情感與想法,從不同的面相觀照圖象詩的發展。

圖象詩發展至今,期間也出現不少的批評聲浪,如高準所說的:

> 林亨泰與白萩則是謹守了「現代派」的三個要領而充分達成了內涵空洞虛無而外形強詞奪理的虛偽風格之製造者。試看林亨泰「名作」〈風景 NO.2〉……這真是完全不帶一絲感情的「純粹」空洞的形式主義之典型,真是患了「靈魂蒼白症」

的最好例證。而白萩的「名作」〈流浪者〉是完全一套公式
套出來的產物。確實成了毫無個人風格可言，不但徹底空洞
無內容，而且沒有絲毫的性格。（高準，1968：68-69）

　　因為現代派的創作方式，使得圖象詩賦予新詩不同的觀感與生
命，但倘若是完全否決掉圖象詩的文學美感，就容易流於偏頗。事
實上，文學的包容向度可以再更深遠，圖象詩的情感發掘是可以被
期待的，並非完全的抹殺，在否定之前是否可以先思考圖象所帶來
的震撼與潛在的文字感染力。

　　現代主義的詩人，不主張太遷就音樂，畢竟音樂如果成為詩歌
的限制，無異畫出框架，限制了創作，距離自然情慾勃發的觸覺就
更遠了些。（須文蔚，2004：38）須文蔚提到了現代詩的創作，重
於內心情感的抒發而非音樂性的重視；但不可否認的，音樂性往往
包含在創作裡，端看是否被重視與挖掘。倘若是將情感波動的弧線
用音樂性來表達，不見得是固守平仄、押韻等固定的音樂表現，會
使得現代詩情感的創作與解讀可以更加的貼切。並非強加音樂性在
創作的本身，而是在創作的本身發掘音樂表徵。

　　正面的聲音固然是一種鼓勵，負面的批評質疑也未嘗不是一種
助力，因為它們扮演一種監督、節制、批評、淨化的角色，有效阻
止了圖象詩發展過程中的惡質化、浮濫化的傾向，並提供圖象詩人
一個反省與反面激勵的機會，使他們的創作具備不斷超越的動力，
從而對圖象詩的發展，帶來另一種形式的助力。（丁旭輝，2000：
361）唯有透過不斷的反思與了解，才能夠更體會圖象詩所能在擁
有的新面向，也正因為有不同的聲音討論，才使得圖象詩不至於流
於惡質化，而是重新思考不同的表現與解讀方向。

第二節　現代圖象詩的限制情況

　　前衛詩一直不是詩壇主流，籠統來講，也非詩人的創作主力；泰半乃實驗、遊戲之作，從美學基礎檢驗，這類的實驗詩作，多帶著濃厚的趣味和遊戲精神。前衛詩畢竟不是一灘停滯的死水，它的邊緣性、不確定性，使這道新流保持活蹦亂跳；前衛詩所以可貴，是因為它不固定，不墨守文法。我們僅能考察它的現象，難以預測、定位它的走向。（焦桐，1998：108）或許正如焦桐所言，我們無法去定位圖象詩這種前衛風格的創作，因為它們的文學表現充滿著不確定感與不固定性，但我們可以在文本的解讀上加以深化，透過不同的角度來了解這樣的創作文本。

　　然而，從後現代主義者來看，作品裡面的意義始終是不確定的，它是動態的、流動的，稱文學創作的產品為作品，作品本身變成了靜態的東西。既然如此，現在我們便不再用「作品」來稱呼具有流動性質的文學產品。換句話說，被稱為「文本」的後現代詩不是老老實實擺在那裡的單純客體。（孟樊，1998：255）孟樊提到了作品與文本的關係，他認為因為自後現代主義者的觀點來看，作品會不斷地解構，作品的意義會被更新的意義推翻，所以在指稱所有流動性質的文學作品時，應使用「文本」來指稱。這樣的觀點，也正是給後現代派文學下了新的統稱。不論是作品或是文本，都是創作後而來的，只是作品涵蓋了結束的概念，而文本卻還能不斷地變形、進步。

　　因為各種不同的因素，使得文本在解讀方面會受到不同的文化背景影響，使得我們只能用大方向去解讀文本，而非教條式的希望我們所理解到的情感強套在別人的認知觀感中。而圖象詩的前衛性

與遊戲語言實驗性，都可以讓圖象詩在呈現方面與眾不同。因為他不固定，沒有一定的走向，也不是照著一定流程產出的作品，在解讀方面難免會有所不同，但如何解讀得更貼近創作者的想法，是否有一定的脈絡可循？

　　從符號詩開始發展的圖象詩，並不只有形式上驚人的視覺效果，圖象詩本身常常也運用許多符號，作為圖象詩的內容；一首圖象詩不見得只有形式上的排列，造成具體的視覺，一首圖象詩甚至可能不著重於形式，而著重在內容以及各式符號的表現。當然，這也是另一種令人震撼的視覺效果，圖象詩的符號性內涵，才是這項研究的重點。（陳思嫻，2004：5）在創作圖象詩時，常常會因為刻意的營造特別的形象，而使詩流於膚淺的皮相，沒有深入的內涵與可供探討、理解的學養，這也是圖象詩一度被詬病的原因之一。就如同一臺大型的改造機器，需要什麼材料、過程是什麼、該注意哪些，系統直接設定好了，只要將詩的對象與特別想要表達的註解，一併丟進這臺機器中，便可產生出媚俗惑眾的圖象詩，這在求新又求變的現代詩壇中，很容易就被注意到；就如同近代的近體詩、格律詩，原本詩就是可以興可以頌的產物，勉強在詩的表達手法中加入制式的朗讀韻腳，使偶然成為必然，結果卻成了按表操課的學生，一定要照著走，才是大家所要的作品。不管怎樣的文學創作，發展到一定的程度總會有如此的情況發生，而該怎麼去避免與創新，這便是我們該去思考的課題。

　　文學界線的模糊化，向來也被視為是後現代主義的重要特徵之一，其實這也可以視為語言物質性自我暴露後所產生的現象。字形、字音、及字義的固定性，是人為約定俗成的結果，但約定成俗並非鐵律，也就是並非不能打破。（孟樊，2003：60）文字的可塑性，不僅使用在創作者本身，在讀者方面也可以透過本身對文字感

受的程度，加以運用並且投射情感與文本交流，文學作品與情感並非死寂的，也非一成不變的。文學可貴的地方在於，可以使讀者獲得心靈的昇華、得到啟發與情感上的流通。透過閱讀，深化兩方的情感，使文本生命更加的富裕。

　　總結目前臺灣現代圖象詩的研究，可以歸納為以下四個結果：（一）以詹冰的圖象詩作品作為臺灣現代圖象詩的緣起；（二）以林亨泰的符號詩作為狹義的圖象詩；（三）以形式方法研究圖象詩；（四）後現代特徵的圖象詩。（陳思嫻，2004：16）而在談到圖象詩的音樂性經營，則少有人探討。我所建議的改進途徑，就是希望在研究圖象詩的時候，除了研究圖象詩的形式和表現手法之外，還能再加入音樂性的觀察，透過不同的角度再次去審視圖象詩的美，也許能改善圖象詩給人帶來文字遊戲或是形式取向的流弊感覺。

第三節　現代圖象詩介入音樂性的改進方向

　　要怎麼加入音樂性經營？要提醒怎樣的音樂性？是否又會矯枉過正？無論是如何的改善途徑，都是理論與實際相互交流與辯證的過程，期許圖象詩的創作在加入音樂性的手法後，能有更不同的面向與形貌，開拓不一樣的視覺與聽覺的饗宴。

　　現代派作家服膺的不是寫實主義或模仿理論，而是語言能造象的功能。他們相信寫作是藉著語言去創造一個想像的世界，這個世界的真實感是由作品的形構要素所構成，而不是依附於外在世界所產生。（周慶華等，2009：174）因為語言有無限的可塑性，透過寫作可以使這個世界的美真實的呈現，而要如何形塑與呈現，便是經由文字造象的魔力，透過想像使這個世界的美得以記錄下來。

　　詩人用文字創造詩作，朗讀者用聲音詮釋作品，出版那些匯聚在一起的文字並進行再創造與添補的工夫，帶給聽眾「意義性」與「音樂性」的交錯刺激，形成生動而立體的感受。所以現代詩朗誦就是以聲音為媒介，結合書面語言、口頭語言和肢體語言，將文字化為極致的口語表達藝術，還原作品的意義內涵，加上朗讀者的體悟，再次創造詩作的意境，同時牽動文學、美學、音樂、表演等方面的學問，達到文學鑑賞的最高境界。（李元洛，1990：569）

　　因為在創作的同時，無論是有自覺的音樂性，或者是無自覺的潛在音樂情感，都是我們可以去留心的，因為文學鑑賞的過程中，透過聲音朗讀、肢體語言等途徑，使得文學能夠更生動的表現。而音樂性手法在圖象詩中所發揮的，便是使圖象詩在表情達意的過程中，可以更強化情緒的波動與內涵。

　　「繪畫性」與「音樂性」不可偏倚，白萩有邏輯性的分析與堅持：「『詩』並不像過去那樣的只認為存在於『音樂中』；今日我們寫有關於圖象的詩，也並不只認為『詩』存在於『繪畫中』，而是視『意義』的需要或為『音樂性』或『繪畫性』的，但其地位只是『意義』的附從而已。」（白萩，1972：4）這樣的見解所強調的是，圖象詩必須先是「詩」（意義），「圖象」（或音樂）只是技巧的選擇，不必堅持但也不必放棄。（蕭蕭，2007：292）

　　蕭蕭舉白萩所說的，透過他的闡述後，我們可以很清楚地發現，圖象詩的音樂性並沒有流失，也不是完全不被察覺，只是在強大的圖象及意象經營的表現之下，容易變成潛在的因素，往往在創作之初，很少被重視。如果能在建立圖象的同時，加入音樂的因素，使情感的線條透過音樂性手法的經營而更外顯，也就能夠弭補圖象詩多為人詬病的缺憾。

　　音樂藝術作品需要經歷兩個創造過程。第一過程是作曲家的創作，即為一度創造；第二個過程是表演家的演唱或演奏，即為二度創造。這是音樂藝術與其他藝術形式的不同處。音樂畢竟是一種表演藝術，作曲家把他的作品寫成曲譜以後，卻不能把曲譜直接交給聽眾去欣賞，必須透過歌唱家或演奏家的表演，這作品才能成為聽眾可以欣賞的藝術品。（楊蔭瀏，1988：160）

　　在感受圖象詩的圖象震撼時，可以將這樣的震撼用音樂弧線描繪出來，沉重的、輕快的、跳動的或是哀傷的，透過音樂性的發掘，將文字的意象當作音樂的載體，透過音樂技巧的發掘，使文字更有生命力；在創作圖象詩的同時，關照到文字所透露出的音樂美感，例如陳黎的〈而蜜蜂也對你歌唱〉便成功的結合了文字的壯麗感與音樂的立體感，使我們同時感受視覺與聽覺的饗宴。

第七章　相關理論建構的應用途徑

第一節　為新詩閱讀教學上開啟新局面

　　許多我們熟悉的物體、過程和現象，都是我們透過圖象才認識的。然而，依靠性能優越的望遠鏡直接觀察到的火星，和網路上發布的圖象並不一樣：它們歸納出不同的夢想，引發不同的幻想。各種知識圖象就是直接進入現實的方式，具有純粹的客觀性。它們是透明的，具有教育的作用。（西卡爾，2005：219）

　　圖象所以令人印象深刻，原因在於它能夠直觀的呈現，使人一目了然，但就算是一樣的圖象，每個人能夠接受到的情感與內心感受，也會因為每個人的教育程度、心理因素、生活環境、社經背景……等有所不同，所以圖象具有教育的純粹客觀性，在應用於教育方面，有很大的可塑性。

　　研究圖象詩的音樂性表徵後，我希望能將這樣的理論應用在教學方面，讓圖象詩的音樂性分析可以透過實際的運用發揮功能，而使圖象詩的閱讀和創作教學呈現不同的面貌。

　　詩是一種創意練習，詩的創意練習要你在固定的疆域裡發展出新的手勢，新的面貌。因此，敢於否定現有一切的人，才有可能突破長久以來的僵局；於扭斷文字既存的意義符號，才有可能創造出新的意義來。寫詩，不是一件難事，只要能循著一定的步驟，鍛鍊自己的想像能力，豐富自己的辭藻，其實我們也能像其他詩人一樣

激迸出特殊的「詩思」，活潑自己的想法、柔軟自己的腦筋。讀寫、欣賞詩，固然是一種快樂，寫詩的過程，更是充滿了挑戰、冒險、鬥智，不管是否能完成一首詩，積極介入尋「詩」的歷程所獲得的快樂，實在是千萬倍於欣賞詩的樂趣。（蕭蕭，1997：53）

　　當一個人有著豐富的情感，卻無法具象的將這樣的情感顯現出來，是一件遺憾的事。倘若是能利用各種不同的方法，讓情感透過各種文學創作表現出來，除了抒發個人的情感，也可以美化整個世界。而就創作的載體而言，「詩」是最容易上手的，也許短短的幾個字、幾句話，都能成為一首詩，再加以編排，便是呈現內心情感的最好表現。

　　閱讀客體基本上是一個對話性的結構。這首先是作者在跟外物接觸（觀感外物）時，已經涉及作者和外物的對話（理解外物、質疑外物、批判外物等等）；其次是作者在創作時，選擇適當的語言表達所觀感的外物以及預期某些讀者群而調整表達的策略，也已經涉及作者和作品以及作者和讀者的對話……而這所用來對話的媒介，就遍及現存或想像的事體或理體；而這些現存或想像的事體或理體都反映了群體共同的「記實」或「構設」心理。（周慶華，2003：69）

　　在閱讀的同時，我們也同時跟著作者一起創作了。創作者所表現出來的，透過讀者的闡述，會激盪出不同的火花，而這些也是創作者的創作情感能更加充沛的來源。好的文學創作，才能夠使人產生情感的共鳴。

　　前衛詩不約而同地，鼓勵、要求讀者進入文本，參與創作，與作者產生精神共振。前衛詩人相信那蘊涵在詩內部的價值，必須透過讀者去開發，閱讀行為不僅僅是作品的展現，也是評論的過程。（焦桐，1998：108）

圖象詩透過音樂性發掘後，在閱讀方面可以呈現不同的方向。用眼睛觀看的同時，也可以試著念讀，使圖象詩的情感更生動的表現。

　　詩歌朗誦，已是使用口傳文學的方式，藉聲音來傳達情意。用聲音來傳達情意，最真、最生動，讀書不能單憑「閱讀」或「默讀」來欣賞，詩歌記錄在詩集中，那是靜態的、平面的，透過朗誦，變活起來，成為動態的、立體的了。善於朗誦者，能依朗誦的基本規則，遵照語言學理論，將每一字、一詞的音長、音高、音重、音質有效地把握，形成長短、高低、輕重、協韻的節奏，再配合句子語調的上揚或下降，造成緩急快慢；抑揚頓挫的效果，與詩中的情意相結合。因此，讀情緒激昂的詩，絕不同於宛轉的情詩：意象複雜的詩，不同於意象簡單的詩，懂得文字連接的韻律，短句長句語調的表情，念到大聲處能使人振奮，小聲處也能引人共鳴。（邱燮友，1989：63-64）

　　朗讀的輕、重、快、急，最能表現出情緒，以下舉李益維的〈我們在高速公路上，飛！〉這首童詩作說明：

飛　我
到　們　一
高　從　下
雄　基　子
　　隆

只　飛　飛　飛　飛　飛
　　過　過　過　過
　　大　小　平　溪　高
　　城　村　原　谷　山
　　鎮　莊

　　　　　　飛
　　　　飛
　　　飛

我
們
在
高
速
公
路
上
，
飛

我
們
在
高
速
公
路
上

，
飛
！

（李益維，1990：101）

　　圖象透過文字的排列，我們可以感受到「飛」的輕快感，但要
怎麼「讀得輕快」，就值得思考了。在教學上，可以採用分組朗讀
的策略，使學習者透過朗讀，感受圖象詩的美感與音樂性。

　　整首詩的重點「飛起來」，要怎麼呈現「飛」的情緒？是由高
而低長聲四拍，呈現飛向高空的感覺，還是短聲各一拍「飛、飛、
飛」代表起飛的輕盈？還是二者並行，呈現音樂重複的熱鬧感？另
外，要用怎樣的聲音強弱來表達「高山」、「溪谷」、「平原」、「小村
莊」以及「大城鎮」？如何把情感藉由音樂性手法表達，在思考的
過程中也能再激勵出不同的火花？

　　這些都是閱讀圖象詩時可以深入思考的因素。聲音所能呈現的
情緒與風貌，遠比我們想像的豐富許多，除了使圖象活潑生動，運
用在教學上也可以更富有變化。

　　圖象詩透過音樂性的表現，更加的生動，可以使教學者的課程
設計多了變化，也可以使教學者在這樣的設計中體會圖象詩所表達
的情感。

第二節　為創作教學上提供新資源

　　近年來，種種跡象顯示，現代詩已獲致多元形式上的創新與突
破。正如黃永武在其著作《詩與美》中提及「詩與生活」、「詩的色
彩設計」、「詩的具象效用」、「詩的形式美」、「詩的科際整合」等單

元，來綜合欣賞並詮釋詩的當代語彙。可說是充分轉喻現代詩與現代人文、美學、設計、心理、社會、語言、民族……等知識領域的整合理念。他特別針對形式美、色彩設計、與科技整合的綜合詮釋上，呈現出現代詩與當代視覺傳達設計結合的新線索。（廖靜玉，2001：125）由於現代詩的形式有許多創新與突破，運用在教學上，也可以有許多不同的呈現面向。

　　圖象詩在創作教學上，因它提供了一個特定的鷹架，使得學習者可以藉由這樣的模式去學習、模仿學習，但除此之外，可以在創作教學中加入音樂性的關照，使得圖象詩的內涵更為豐富。

　　因為我國漢族語言文字中的平仄、四聲，它們本身就已包含著音樂上的旋律因素。每一個字各有高低升降的傾向；連接若干字構成歌句時，前後單字互相制約，又蘊蓄著對樂曲進行的一種大致上的要求。倘若能適當注意字調，同時又能發揮音樂上的獨創性，不是字調的束縛，則寫成的作品必然能有更高的價值。（楊蔭瀏，1988：36）這樣的音樂性不是矯枉過正的處理文字，而是試著在創作的文字上嘗試音樂性的可能，不見得一定要「讀得出來」，但至少能夠將情感的通感藉由文字表達出來。

　　雖然學生在創作時必須遷就圖象的外型而使得童詩在分行上「不甚標準」，但是從「圖象」中建立「意象」，再從「意象」中體會「意境」，也是一種趣味。當然有人會對這樣的詩不以為然，因為圖象詩意圖跳脫「意義」的範疇。詩的藝術性，也可以向圖象、音樂方面推展。（許峰銘，2010：135）在創作方面，透過圖象詩圖象的經營，希望能兼顧意義與情感的表現，使圖象更具有意義。

　　由於美感特徵有這麼多樣性（豐富性），從而也使我們的教學方法的轉向使力得以進行（並且肯定發掘語文成品的審美成分也是教學者的另一項工作）。而這顯然也可以依次區分出「優美／崇高

／悲壯等模象觀式」、「滑稽／怪誕等造象觀式」、「諧擬／拼貼等語
言遊戲觀式」等審美形式。（周慶華，2007a：253）

在圖象詩的創作教學方面，倘若加入了音樂美感的追尋（詳見第五
章），使得圖象詩的創作有依據，而非盲目地尋找，無所目標。而
如何在圖象詩中發揮音樂性美感，也是值得研究與培養的能力。

　　節奏安排妥切，就是音樂結構。有著良好的節奏感，就能引
出好的詩的結構。節奏不能單獨存在，因此節奏的安排，其實也
就是為了結構的完成，結構與節奏就是這樣不能二分！（蕭蕭，
1987：340）

　　圖象詩的音樂性講求的並非刻意的追求，而是希望透過音樂表
現手法，加深文字的渲染度與感染力。倘若能適當地加以安排，可
以使圖象在感情的表達上更加的完善，但並非必要的存在因素。如
果是一味考究圖象詩的音樂性，強加音樂痕跡在圖象詩當中，無疑
是投身另一個創作的侷限而作繭自縛，這就不是我所要強調的音樂
性表現在圖象詩中的本意。

第三節　為傳播交流教學上建議新方向

　　傳播學者麥克魯漢（Marshall McLuhan）提出的「媒體即訊息」
（The medium is the message.）的說法，告訴我們：歷史上每一次
有關資訊技術的改變，都會影響我們對所謂「真實」或「真理」（truth）
的認知。資訊技術的改變，在此指的是我們表達媒介的演變，從早
在古希臘時代之前開始的口說（oral），歷經手抄（manuscript）或
書寫（written）以及印刷（printed）的時代，以迄於二十世紀晚期
的電子（electronic）時代，在在都影響了我們和文學的關係。（孟
樊，1998：354-355）

　　因為現代科技的進步與發達，也衍生出了許多傳播的途徑，電視、電腦、廣播、網路等；而許多傳播途徑的興起，也使得我們的創作不再侷限於文本，而是轉向科際整合的新紀元。

　　隨著科技的進步，我們不再僅限於口頭與書面的傳播方式，更可以利用數位產品的影音功能擴展傳播的面向與廣度，藉由現代科技的幫助容易將紙本的詩歌轉為有聲光效果的表現方式。（林靜怡，2011：289）

　　另外一個值得我們注意的，就是網路科技引起的文化型轉變從電腦網路發展初期，許多人便認為這種科技，將會把聲音還給廣大的群眾，讓每一個人都有向大眾傳播的能力，也就是個人及媒體的概念。（葉謹睿，2005：88）因為現代科技的關係，使得平面的圖象詩可以更具體的呈現在讀者面前，例如須文蔚的網路詩，便是透過網路的互動性和鏈結性，使他的作品可以即時的與讀者對話與互動。

　　說到前衛詩的演出，再怎麼樣都比不上更新崛起的網路詩在電腦網頁上所呈現出來的多媒體空間那般魅惑誘人。須文蔚在文學咖啡屋網站上所發表的〈一首詩墜河而死〉等八首所謂的「多向詩」、「互動詩」，乃是利用電腦網路的特性結合文學、圖象、動畫等多媒體完成的「超前衛作品」，它的未來可能比後現代還現代。但無論如何，就現階段來看，新詩的創作仍以平面媒體作主要的介質，也以文字為主要的創作工具。（孟樊，2003：81-82）

　　網路詩以網路作為載體，更是突破了創作的疆界，創作不再受侷限，而是可以即時的與外界溝通、交流，並且再激發出不同的創新思維。

　　至於當我們著眼在傳播交流教學時，除了可以透過網路等方式大量吸收新知，學習這些新的傳播途徑所帶來的震撼，還有運用在

閱讀或是創作上，開啟不同的學習面向，也能夠利用這些傳播途徑來進行交流，使得傳播途徑更加多元。

第八章　結論

第一節　要點的回顧

　　生活中處處充滿音樂性。如風吹著雲走的聲音、車輪子濺過水窪的聲音、樹葉掉落的聲音、人喜怒哀樂的聲音等。而致力當個生活實踐者的我，每當沉澱想法、再度從心出發時，就能夠發掘更多不同的聲音。今天的生活步調如何？走路的腳步是急促的「踏趴、踏趴、踏趴……」？還是沉重的「碰、碰、碰……」？表情呈現出來的美感是優美的還是悲壯的？生活畫面的背景音樂是細膩小品的抒情樂？還是多變流行的熱門樂？我將生活中所接觸到的音樂美感，作為研究主題的核心，確定了研究的面向，再努力地去建構理論，期望在圖象詩的研究與解析上呈現出不一樣的面向。

　　本研究採理論建構的方式探討現代圖象詩中的音樂性。第一章的研究目的和研究方法，首先將現代圖象詩中的「模象式的圖象、造象式的圖象、語言遊戲式的圖象、音樂性、美感、教學應用」等概念確立後，接下來就以「現代圖象詩中的圖象性」、「現代圖象詩中的節奏表徵」、「現代圖象詩中的旋律表徵」、「現代圖象詩中的整體美感類型」、「現代圖象詩的發展限制」、「現代圖象詩中的限制改進途徑」、「現代圖象詩在新詩閱讀教學的應用」、「現代圖象詩在創作教學的應用」、「現代圖象詩在傳播交流教學的應用」來建立命題，探究現代圖象詩在音樂性的表現上有那些值得深入研究的表徵

與價值。透過文獻回顧，思考圖象詩圖象性的經營技巧及詩歌的音樂性在新詩創作的表現，找到二者之間被忽略的音樂性結合，透過分析、歸納，找出圖象詩節奏與旋律等音樂表徵，以及整體音樂美感的尋找，使圖象詩除了圖象性的探究經營之外，也能夠多關照它的音樂性發展。同時也希望提供創作者自覺其作品潛藏的音樂情感；使教學者運用音樂性的特性展開教學；使學習者擁有不同的學習途徑，也使音樂性技巧的經營可以在圖象詩中開展，擴展不同的創作思考。

　　每個章節需要面對與探討的問題不盡相同，便用了不同的研究方法來分析、歸納及探討。在第二章的「文獻探討」，利用了「現象主義方法」來探討相關的理論與研究。因為在確認研究範圍與蒐集參考文獻的時候，沒有辦法完全窮盡，只能夠就有限的心力與能力大量的蒐集資料。現象學主義方法並非完全純然是研究客體的學科，而是研究經驗的學科。透過我的思考與想法，將蒐集到的相關研究參考資料分析歸納，希望可以經由「現代圖象詩」與「現代圖象詩的圖象性」這兩個範疇裡所以曾經被提及且被關照過的想法與研究，透過整理與歸納，發掘現代圖象詩被忽略的音樂性，研究其原因，並研擬一個改進途徑。透過我所建構的理論，再回過頭來重新審視現代圖象詩的節奏與旋律表徵，以及整體的音樂美感，讓研究前後呼應，加強理論與實際間的關聯，使它們的關係緊密而非只流於泛泛之言。

　　至於現象學主義方法所要施力的經驗對象，就成了所謂「文獻探討」的意涵。所有的資料蒐集、彙整與統籌，都由我所經驗的當作研究開展的基礎，藉由一連串整理、分析和批判，將它扣回研究主題中。然而，現象學主義方法的使用也許無法真正的將所有文獻予以完全的解讀與察覺，我只能盡最大的努力來發掘相關的訊息。

在第三章的「現代圖象詩中的圖象性及其餘韻」，透過「藝術學方法」來探討現代圖象詩中的圖象性與尚未被大肆討論與觀察的圖象詩的音樂性。由於藝文創作都離不開藝術的範疇，透過藝術學來掌握圖象詩的圖象性，並找尋圖象詩中除了圖象性之外的其他內涵與情感表徵。圖象包含著意象的經營，文字建築的特性，使得圖象詩的圖象表現透過文字的組合排列而成就具象的情感。也因為漢字的建築特性，提供了圖象詩很好的創作材料，創作者利用漢字獨音獨體的特性，盡情的創造圖象詩，讓圖象詩呈現多元的樣貌。

在第四章「現代圖象性的節奏與旋律表徵」，透過「音樂學方法」找出圖象詩中的節奏與旋律的表徵。節奏是輕重的表現，旋律是高低的起伏，結合兩種不同的表現手法，呈現出高度的音樂性呈現，使文字的情緒與圖象的情感互相輝映，強化圖象間流動的音樂情感，開啟圖象詩解讀的不同方向研究。

在第五章「現代圖象詩中的整體音樂美感類型」，透過「音樂學方法」和「美學方法」，一方面找出音樂性在圖象詩中的表現；一方面透過美學方法探討現代圖象詩中的整體音樂美感。由於圖象詩的圖象性容易被尋找及討論，但它的音樂美感卻不輕易被發現，透過歸納及討論，使得圖象詩所涵蓋的音樂美感可以更加的被重視。

在第六章「現代圖象詩的發展限制及其改進途徑」，也透過「美學方法」提出改進，希望經由圖象詩發展限制的發現，並經由音樂性的發掘來改善圖象詩的發展限制。長久以來，圖象詩的發展一直是受到侷限的，因圖象詩常被詬病於語言遊戲，而改進的途徑便是脫離形式的追求，改由圖象詩的音樂性尋找著手，透過不同的思維，為圖象詩開啟不同的創作手法與表現，關照音樂性的同時也使得圖象詩有更進一步的發展。

　　在第七章「相關理論建構的應用途徑」，透過「社會學方法」應用在生活的體現，使現代圖象詩在閱讀教學、創作教學與傳播交流教學上有不同的想法，並提供新的方向。透過教學，使得現代圖象詩的音樂性得以推展，強化音樂性的目的並非將圖象詩推向另一個窠臼，而是尋找不同的創作思維，讓圖象詩在情感掌握方面可以更多元。

　　透過理論建構，試著找出現代圖象詩的音樂性，也希望透過研究，除了發掘圖象詩的音樂性表徵，還可以將它應用於閱讀、創作教學與其他傳播途徑，使圖象詩的音樂性思考更受到重視。

　　本研究的理論建構成果圖如下：

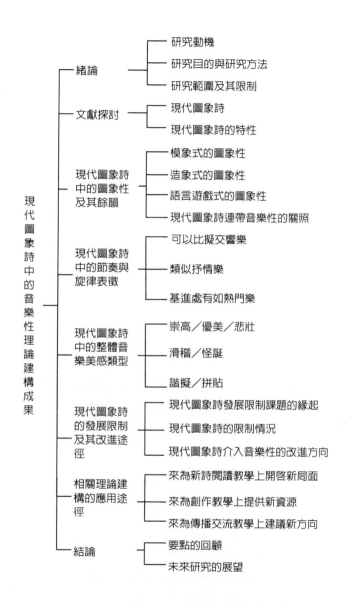

現
代
圖
象
詩
中
的
音
樂
性
理
論
建
構
成
果

- 緒論
  - 研究動機
  - 研究目的與研究方法
  - 研究範圍及其限制
- 文獻探討
  - 現代圖象詩
  - 現代圖象詩的特性
- 現代圖象詩中的圖象性及其餘韻
  - 模象式的圖象性
  - 造象式的圖象性
  - 語言遊戲式的圖象性
  - 現代圖象詩連帶音樂性的關照
- 現代圖象詩中的節奏與旋律表徵
  - 可以比擬交響樂
  - 類似抒情樂
  - 基進處有如熱門樂
- 現代圖象詩中的整體音樂美感類型
  - 崇高／優美／悲壯
  - 滑稽／怪誕
  - 諧擬／拼貼
- 現代圖象詩的發展限制及其改進途徑
  - 現代圖象詩發展限制課題的緣起
  - 現代圖象詩的限制情況
  - 現代圖象詩介入音樂性的改進方向
- 相關理論建構的應用途徑
  - 來為新詩閱讀教學上開啟新局面
  - 來為創作教學上提供新資源
  - 來為傳播交流教學上建議新方向
- 結論
  - 要點的回顧
  - 未來研究的展望

圖 8-1-1　本研究理論建構成果圖

第二節　未來研究的展望

　　所幸有詩。因為詩，為冰冷的或破碎的語言注入活的、有生命力的形象。詩人們正揭示著他們辛勤鍛鍊的修辭與想像的煉金術，透過意象、譬喻、聯想等遊戲規則競技想像。圖象詩經由視覺、聽覺等感官織出真實與虛擬，詩與現實錯落的圖景，思考形式的不確定性。（曾琮琇，2009：232）形式遊戲的經營，有的人興奮創作，有的人則嗤之以鼻，但是可以確定的是，在詩的創作這條路上，這樣的想法與交流促使新詩在內容與形式上不斷地演進與突破。由此可知，形式遊戲顛覆本事自是不容小覷。

　　圖象詩所透露出來的音樂性，是從其符號排列與文字結構部分來論述。一般我們在讀詩的時候，可以很容易的找出圖象詩的意象，而這也是圖象詩最引人津津樂道的地方。但倘若一味的只探究圖象詩的意象，卻忽略其中可能存在的音樂性，這樣解讀詩的技巧是不夠完備的。漢字的建築性與聲音性，讓圖象詩的發展能有多種不同的樣貌，呈現出有別於以往押韻與對句的美感，發揮了流動的音樂旋律帶給讀者的震撼感受。

　　讀詩、賞詩，運用自己的情感所描摹出來的心象，嚮往並期許這樣的心象能夠接近創作者的思考核心。就像是拿著萬用鑰匙的鎖匠，在將鑰匙深入不同的鑰匙孔之前，內心還是會有些緊張與恐懼；但只要能適用，在打開每道不同的門的同時，心裡也不禁感到竊喜。圖象詩的音樂性討論，將音樂性的面貌在每首圖象詩中放大檢視，也將它當作是情感的載體，在理解音樂美感的同時，也能夠更貼切的感觸並體會圖象詩的內涵。

　　多向，指形式的結構鏈結著文字、圖形、聲音、影像、動畫等多種媒體，可以引發人無盡的延異情思；互動，指形式的結構留有接受者呼應、省思和批判的空間，可以引發人參與創作的樂趣。（周慶華，2007a：253）這是網路鏈結時代所提及的面向，也是本研究沒有深入涉及的一大憾事，期許自己以及後來的研究者能夠在本理論建構上加入此面向多作討論。圖象詩的圖象性是其與其他現代詩最大的不同與特色所在，我們在讀詩的時候，也會採用不同於以往讀詩的方法。這樣的技巧往往較先前更新奇與細膩，也能夠讓我們體會現代詩中更細膩的美感。在研究的過程中發現有的圖象詩無法去特別找出其旋律與節奏等音樂性，僅能從聲音與文字排列的緊湊度去理解。先前諸多理論多鋪陳圖象詩的意象方面，本研究加入了音樂性的討論，希望能讓圖象詩的解讀有多一份不同的理解方式，也使研究圖象詩的面向更為廣闊。

　　現代學術的研究方法多元豐富，本研究採用的方法僅是一種策略上的運用，期許這樣的研究可以更加完備，對於圖象詩的音樂性作最大可能的研究與評價。但在詩的研究方面，還有許多可以探討與深入了解的地方，我只能就自己心力所及的部分與面向加以分析與歸納，在有限的時間與精力下，作最貼近的理論建構。也期許在未來，能有餘力另闢研究主題深入探究，使研究面向能夠多元且更為面面俱到。

參考文獻

丁旭輝（2000），《臺灣現代詩圖象技巧研究》，高雄：春暉。

王次炤（1997），《音樂美學新論》，臺北：萬象。

王裕之（1965），〈杉的過程〉，《創世紀》，22，20。

西卡爾著、陳姿穎譯（2005），《視覺工廠——圖象誕生的關鍵故事》，臺
　　北：邊城。

古旻陞、施小玲（2003），《藝術概論》，臺北：今古。

白萩（1972），《現代詩散論》，臺北：三民。

白靈主編（2003），《中國現代文學大系（貳）：詩卷（一）》，臺北：九歌。

安海姆著、李長俊譯（1982），《藝術與視覺心理學》，臺北：雄獅。

向陽（1997），〈八〇年代臺灣現代詩風潮試論〉，向陽工坊，網址：
　　URL=http://tea.ntue.edu.tw/～xiangyang/chiyang/tailit1.htm，點閱日
　　期：2012.07.14。

向陽（1999），〈城市‧黎明〉，《臺灣詩學季刊》，26，50-51。

向明主編（1986），《藍星詩刊第十號》，臺北：藍星詩刊。

伊格頓著、聶振雄等譯（1987），《當代文學理論導論》，香港：旭日。

杜十三（2000），《石頭悲傷而成為玉》，臺北：思想生活屋。

李元洛（1990），《詩美學》，臺北：東大。

李秋蓉（2002），《詹冰及其兒童詩研究》，雲林科技大學漢學資料整理研
　　究所碩士論文，未出版，雲林。

李益維（1990），《遠足》，臺南：臺南縣立文化中心。

李魁賢（1987），《臺灣詩人作品論》，臺北：名流。

沈奇編（1996），《詩是什麼》，臺北：爾雅。

沈奇編（1996），《臺灣詩人散論》，臺北：爾雅。

呂興昌編（1998），《林亨泰全集八》，彰化：彰化縣立文化中心。

吳曉（1995），《詩歌與人生——意象符號與情感空間》，臺北：書林。

周慶華（1998），《蕪情》，臺北：詩之華。

周慶華（1999），《佛教與文學的系譜》，臺北：里仁。

周慶華（2001），《七行詩》，臺北：文史哲。

周慶華（2002），《未來世界》，臺北：文史哲。

周慶華（2003），《閱讀社會學》，臺北：揚智。

周慶華（2004a），《語文研究法》，臺北：洪葉。

周慶華（2004b），《文學理論》，臺北：五南。

周慶華（2005），《身體權力學》，臺北：弘智。

周慶華（2007a），《語文教學方法》，臺北：里仁。

周慶華（2007b），《我沒有話要說——給成人看的童詩》，臺北：秀威。

周慶華（2008），《從通識教育到語文教育》，臺北：秀威。

周慶華（2009a），《文學詮釋學》，臺北：里仁。

周慶華（2009b），《新福爾摩沙組詩》，臺北：秀威。

周慶華等（2009），《新詩寫作》，臺北：秀威。

周慶華主編（2009），《語文與語文教育的展望》，臺北：秀威。

周慶華（2010），《反全球化的新語境》，臺北：秀威。

周慶華（2011），《文學概論》，臺北：揚智。

林尹（1971），《文字學概說》，臺北：正中。

林良（1993），《林良的詩》，臺北：國語日報。

林亨泰（1986），《爪痕集》，臺北：笠詩刊社。

林靜怡（2011），《中西格律詩與自由詩的審美文化因緣比較》，臺北：秀威。

林燿德（1988），《不安海域》，臺北：師大書苑。

林燿德（2005），《都市終端機》，臺北：書林。

孟樊主編（1993），《當代臺灣文學評論大系·新詩批評卷》，臺北：正中。

孟樊（1998），《當代臺灣新詩理論》，臺北：揚智。

非馬（1973），《非馬詩選》，臺北：商務。

非馬（1998），《微雕世界——非馬詩集》，臺中：臺中市立文化中心。

邱燮友（1989），《品詩吟詩》，臺北：東大。

姚一葦（1985），《藝術的奧秘》，臺北：開明。

洛夫（1988），《洛夫詩選（一九五五～一九八七）》，臺北：九歌。

哈維爾著、貝嶺等譯（2002），《反符碼——哈維爾圖象詩集》，臺北：唐山。

夏宇（1986），《備忘錄》，臺北：作者自印。

夏宇（2001），《腹語術》，臺北：現代詩季刊社。

朗格著、劉大基等譯（1991），《情感與形式》，臺北：商鼎。

高準（1968），《文學與社會改造》，臺北：德華。

陳美芳主編（2011），《新詩遊樂園》，臺北：三民。

陳思嫻（2004），《臺灣現代圖象詩研究》，南華大學文學研究所碩士論文，未出版，嘉義。

陳黎（1992），《親密書：陳黎詩選（1974-1992）》，花蓮：花蓮縣立文化中心。

陳黎（1995），《島嶼邊緣》，臺北：皇冠。

陳黎（2001），《陳黎詩選──一九七四～二〇〇〇》，臺北：九歌。

陳黎（2005），《苦惱與自由的平均律》，臺北：九歌。

陳黎（2011），《我／城》，臺北：二魚。

莫渝（2000），《臺灣新詩筆記》，臺北：桂冠。

許峰銘（2009），《童詩圖象教學》，臺北：秀威。

莊紫蓉（1997），〈追求音樂與繪畫的詩境──詩人林亨泰專訪〉，網址：http://www.twcenter.org.tw/b01/b01_8001_1.htm，點閱日期：2012.07.15。

張詠沂（2009），〈詩與歌──到底「音樂性」能給詩什麼？〉，網址：http://andrewchang123.wordpress.com，點閱日期：2011.11.11。

張漢良（1977），《現代詩論衡》，臺北：幼獅。

張默、蕭蕭編（1995），《新詩三百首》，臺北：九歌。

張雙英（2006），《二十世紀臺灣新詩史》，臺北：五南。

梅新（1992），《家鄉的女人》，臺北：聯合文學。

焦桐（1998），《臺灣文學的街頭運動》，臺北：時報。

黃恒秋（2006），《臺灣文學與現代詩》，臺北：愛華。

黃勁連（1997），《文學的沉思》，臺南：南投縣立文化中心。

曾琮琇（2009），《臺灣當代遊戲詩論》，臺北：爾雅。

曾永義（2004），〈中國詩歌中的語言旋律〉，《文訊》，224，28-34。

須文蔚（2004），〈詩與歌不斷拌嘴──談現代詩中的音樂性〉，《文訊》，224，35-38。

賀淑瑋（2005），〈音樂陳黎：陳黎詩的視覺音樂製作〉，彰師大國文系，《國文學誌》，10，273-302。

楊牧等編（1989），《現代中國詩選 I》，臺北：洪範。

楊匡漢（1991），《中國現代詩論・上編》，廣州：花城。

楊蔭淵（1988），《語言與音樂》，臺北：丹青。

詹冰（1966），〈三角形〉，《笠詩刊》，16，5。

詹冰（1978），〈圖象詩與我〉，《笠詩刊》，87，59-63。

詹冰（1993），《詹冰詩選集》，臺北：笠詩刊社。

詹冰（2008），《誰在黑板上寫ㄅㄆㄇ——詹冰・劉旭恭詩畫集》，臺北：
　　聯合報社。

葉謹睿（2005），《數位藝術概論：電腦時代之美學、創作及藝術環境》，
　　臺北：藝術家。

管管（1986），《管管詩選》，臺北：洪範。

碧果（1988），《碧果人生》，臺北：采風。

歐陽中石主編（1999），《藝術概論》，臺北：五南。

楚戈（1984），《心的風景》，臺北：時報。

鄒依霖（2006），《現代詩音樂性及其與聲情關係之美學研究》，臺灣師範
　　大學國文研究所在職碩士專班碩士學位論文，未出版，臺北。

瘂弦、梅新主編（1976），《詩學》，臺北：洪範。

瘂弦、梅新主編（1999），《天下詩選 I》，臺北：遠流。

趙天儀（1972），《美學與批評》，臺北：有志。

趙天儀等（2001），《混聲合唱：笠詩選》，高雄：春暉。

廖悅琳（2005），《語言・意象・詩美學——簡政珍現代詩研究》，彰師大
　　國文所國語文教學碩士論文，未出版，彰化。

廖靜玉（2001），〈視覺詩〉，《臺灣詩學季刊》，34，125。

鄭慧如（2005），〈新詩的音樂性——臺灣詩例〉，《當代詩學年刊》，1，1-33

鄭智仁（2003），《苦惱與自由的平均律——陳黎新詩美學研究》，中山大
　　學中國文學系碩士論文，未出版，高雄。

錢仁康等著（1999），《音樂欣賞》，臺北：五南。

蕭蕭（1987），《現代詩學》，臺北：東大。

蕭蕭（1997），《現代詩遊戲》，臺北：爾雅。

蕭蕭主編（2000），《臺灣詩學季刊・第三十一期》，臺北：唐山。

蕭蕭（2006），《2005 臺灣詩選》，臺北：二魚。

蕭蕭（2000），《圖象詩詩大展》，臺北：臺灣詩學季刊。

蕭蕭（2007），《現代新詩美學》，臺北：爾雅。

龍沐勛（1996），《倚聲學——詞學十講》，臺北：里仁。

簡政珍（1999），《詩心與詩學》，臺北：書林。

簡政珍（2005），《臺灣現代詩美學》，臺北：揚智。

羅青編（1980），《小詩三百首》，臺北：爾雅。

羅青（1999），《從徐志摩到余光中》，臺北：爾雅。

羅門（1995），《羅門創作大系‧卷二》，臺北：文史哲。

羅門（2000），《圖象詩的探視與追索》，臺北：藍星詩刊。

羅門（2002），《創作心靈的探索與透視》，臺北：文史哲。

蘭特利奇等編、張京媛等譯（1994），《文學批評術語》，香港：牛津大學。

Pam Meecham and Julie Sheldon 著、王秀滿譯（2006），《最新現代藝術批判》，臺北：韋伯。

語言文學類　PG0859　東大學術 53

現代圖象詩中的音樂性

作　　者 / 江依錚
責任編輯 / 蔡曉雯
圖文排版 / 郭雅雯
封面設計 / 陳佩蓉

發 行 人 / 宋政坤
法律顧問 / 毛國樑　律師
印製出版 / 秀威資訊科技股份有限公司
　　　　　114 台北市內湖區瑞光路 76 巷 65 號 1 樓
　　　　　電話：+886-2-2796-3638　傳真：+886-2-2796-1377
　　　　　http://www.showwe.com.tw
劃撥帳號 / 19563868　戶名：秀威資訊科技股份有限公司
　　　　　讀者服務信箱：service@showwe.com.tw
展售門市 / 國家書店（松江門市）
　　　　　104 台北市中山區松江路 209 號 1 樓
　　　　　電話：+886-2-2518-0207　傳真：+886-2-2518-0778
網路訂購 / 秀威網路書店：http://www.bodbooks.com.tw
　　　　　國家網路書店：http://www.govbooks.com.tw
圖書經銷 / 紅螞蟻圖書有限公司
　　　　　114 台北市內湖區舊宗路二段 121 巷 28、32 號 4 樓
　　　　　電話：+886-2-2795-3656　傳真：+886-2-2795-4100

2012 年 12 月 BOD 一版
定價：220 元
版權所有　翻印必究
本書如有缺頁、破損或裝訂錯誤，請寄回更換

國家圖書館出版品預行編目

現代圖象詩中的音樂性 / 江依錚著. -- 一版. -- 臺北市 :
秀威資訊科技, 2012.12
　　面 ；　　公分. -- (語言文學類) (東大學術 ; 53)
BOD 版
ISBN 978-986-326-015-8(平裝)

1. 新詩　2. 中國詩　3. 詩評

820.9108　　　　　　　　　　　　　　　101021179

讀者回函卡

感謝您購買本書，為提升服務品質，請填妥以下資料，將讀者回函卡直接寄回或傳真本公司，收到您的寶貴意見後，我們會收藏記錄及檢討，謝謝！如您需要了解本公司最新出版書目、購書優惠或企劃活動，歡迎您上網查詢或下載相關資料：http:// www.showwe.com.tw

您購買的書名：_____

出生日期：_____年_____月_____日

學歷：□高中 (含) 以下　　□大專　　□研究所 (含) 以上

職業：□製造業　□金融業　□資訊業　□軍警　□傳播業　□自由業
　　　□服務業　□公務員　□教職　　□學生　□家管　　□其它_____

購書地點：□網路書店　□實體書店　□書展　□郵購　□贈閱　□其他

您從何得知本書的消息？

　□網路書店　□實體書店　□網路搜尋　□電子報　□書訊　□雜誌
　□傳播媒體　□親友推薦　□網站推薦　□部落格　□其他_____

您對本書的評價：（請填代號　1.非常滿意　2.滿意　3.尚可　4.再改進）

　封面設計____　版面編排____　內容____　文／譯筆____　價格____

讀完書後您覺得：

　□很有收穫　□有收穫　□收穫不多　□沒收穫

對我們的建議：_____

_____

_____

_____

11466
台北市內湖區瑞光路 76 巷 65 號 1 樓

秀威資訊科技股份有限公司　　　收

BOD 數位出版事業部

....

（請沿線對折寄回，謝謝！）

姓　　名：_____　年齡：_____　性別：□女　□男

郵遞區號：□□□□□

地　　址：_____

聯絡電話：(日) _____ (夜) _____

E-mail：_____